O MOÇO QUE CARREGOU O MORTO NAS COSTAS

Editora Melhoramentos

Azevedo, Ricardo
  O moço que carregou o morto nas costas e outros contos populares. / Ricardo Azevedo; ilustrações Catarina Bessell. São Paulo: Editora Melhoramentos, 2015.

  ISBN 978-85-06-07891-4

  1. Literatura brasileira – Contos. 2. Literatura folclórica. 3. Contos populares. I. Bessell, Catarina. II. Título.

15/065   CDD 869.8B

Índices para catálogo sistemático:
1. Literatura brasileira   869.8B
2. Contos populares – Literatura brasileira   869.3B
3. Literatura folclórica   398.2
4. Folclore – Tradição oral   398

© Ricardo Azevedo
Direitos de publicação:
©2015 Editora Melhoramentos Ltda. Todos os direitos reservados.
Projeto gráfico e diagramação: Laura Daviña

1ª edição, 5ª impressão, março de 2024
ISBN 978-85-06-07891-4

Atendimento ao consumidor:
Caixa Postal 169 – CEP 01031-970
São Paulo – SP – Brasil
Tel.: (11) 3874-0880
www.editoramelhoramentos.com.br
sac@melhoramentos.com.br

Impresso no Brasil

O MOÇO QUE CARREGOU O MORTO NAS COSTAS

e outros contos populares

RICARDO AZEVEDO

Ilustrações **Catarina Bessell**

sumário

o fazendeiro malvado e a menina do cabelo cacheado   7

o lagartão da moça bonita   17

o filho da mulher que só pensava nela mesma   29

a moça, o gigante e o moço   39

o menino dos pássaros   47

a afilhada da dona do vestido preto   53

o cavalo prateado e a esposa do comerciante   63

o filho do meeiro e a filha do fazendeiro   71

o moço que saiu pelo mundo afora   81

zé-sem-medo   93

o moço que carregou o morto nas costas   101

o mundo nos contos populares   111

o fazendeiro malvado e a menina do cabelo cacheado

Era um fazendeiro muito rico. Por ali, na região, quem mandava e desmandava era ele. Quem era o dono das maiores e melhores terras? Ele. Quem tinha usina, tinha gado, tinha plantação? Ele. De quem era aquela montanha de dinheiro no banco que não dava nem para contar? Era tudo dele!

Mas o homem achava pouco. O homem queria sempre mais, mais e mais.

A prova disso é que quando ouvia falar de mulher ficava todo assanhado. Toda mulher bonita daquelas paragens ele queria para ele.

Podia ser moça solteira. Podia ser moça menina. Podia ser moça velha. Ser casada, separada ou viúva.

Mulher nenhuma escapava das garras do tal sujeito.

Para piorar as coisas, bastava ele saber que alguém ia se casar e já sorria lambendo os beiços. Montava no cavalo, juntava seus capangas e ia até a casa da noiva. Chamava o pai e pedia licença para ver a moça de perto. Pedia a ela que desfilasse na sua frente. Se gostasse, não adiantava mãe chorando, nem pai revoltado, nem irmão furioso. Mandava o noivo levar a moça – o próprio noivo! – até a fazenda dele e deixar ela lá.

Muitos noivos, revoltados, tentaram enfrentar o fazendeiro. Todos foram mortos e tiveram seus corpos cortados e jogados no mato para os cachorros comerem.

Se, mais tarde, o fazendeiro cansava da moça, mandava ela embora de volta para casa a pé.

Se gostava, obrigava a ficar morando com ele na fazenda.

O povo dizia que o homem tinha não sei quantas mulheres prisioneiras nos quartos daquela casa grande construída no alto de um morro.

Perto da fazenda, vivia um homem viúvo e muito pobre. O sujeito tinha uma pequena roça onde plantava milho, cana e mandioca. Vez por outra, pescava também para depois vender os peixes na feira de domingo.

O lavrador tinha uma filha. A menina era seu único tesouro. Com medo do fazendeiro, criou a filha escondido. Nunca deixou a menina ir até a vila. Nunca deixou a menina botar o nariz fora do seu terreno. Nunca permitiu que ela mostrasse sua beleza para ninguém.

Sim, porque aquela menina era a coisa mais bonita deste mundo. Era meiga, jeitosa, perfumosa, tinha os olhos brilhantes e um cabelo cacheado que esvoaçava no ar mesmo quando o vento não soprava.

O lavrador andava cada vez mais preocupado. Sua menina tinha virado moça. Não podia manter a coitada escondida pelo resto da vida. Sua filha tinha direito de viver e conhecer as coisas do mundo.

Durante a noite, deitado na rede, o roceiro chorava baixinho.

E se, um maldito dia, o maldito fazendeiro botasse seus malditos olhos em cima de sua querida filha?

Quando foi um dia, era de manhã cedinho, bateram na porta.

Assustado, o pai mandou a filha se esconder debaixo da cama. Depois foi ver quem era.

Parado na frente de sua porta, estava um velho capenga, meio torto, com bengala na mão e um chapelão enterrado na cabeça.

O tal velho disse que era adivinho.

O pai da moça estranhou.

— Adivinho? O senhor adivinha o quê?

Escondido debaixo do chapelão, o outro deu risada.

— Adivinho, por exemplo — disse ele com voz rouca —, que seu pai se chamava Antônio, trabalhava numa fazenda de gado, sabia tocar viola e sanfona e morreu justo no dia em que completou 82 anos.

O roceiro ficou espantado. Aquilo era tudo verdade. O recém-chegado continuou:

— Adivinho, por exemplo, que o senhor tem um tesouro precioso escondido dentro de casa.

— Tesouro?

— Isso mesmo! Sua filha é seu tesouro. A moça tem o cabelo todo cacheado e é a coisa mais linda desse mundaréu inteirinho.

O sangue do roceiro gelou dentro das veias. Que diabo era aquilo? Quem era aquele sujeito? E o outro disse ainda:

— Sou adivinho dos bons. Por exemplo, sou capaz de adivinhar até o que o senhor está pensando agora mesmo aqui neste exato instante.

O homem arregalou os olhos.

— E o que é?

— Está pensando que sou um velho adivinho, mas eu não sou!

E o sujeito atirou a bengala longe e arrancou o chapelão.

Os dois caíram na gargalhada.

— Filha! — gritou o roceiro. — Corre aqui! Vem ver quem chegou!

O velho não era velho. Era um sobrinho que, órfão de pai e mãe, tinha sido criado pelo lavrador. Um dia, o rapaz pediu licença e caiu no mundo. Agora estava de volta. Chegou cheio de alegria, saudade e muitas histórias para contar.

A moça do cabelo cacheado veio correndo abraçar e beijar o primo.

— Como você está linda! — disse ele, encantado.

— Que saudade! — respondeu ela.

Aquele dia, o roceiro nem foi para a roça trabalhar. Pai, filha e sobrinho passaram o dia inteiro sentados na mesa da sala conversando, tomando café preto e matando as saudades.

O sobrinho falou de suas andanças pelo mundo.

— Agora mesmo, pouco antes de voltar para cá, vejam o que me aconteceu.

E contou que trabalhando aqui e ali tinha juntado um bom dinheiro.

Que foi morar numa vila longe pra lá de depois da serra.

Contou que fez muitos amigos na vila, mas na dúvida, por segurança, não contou a ninguém que tinha dinheiro. Resolveu esconder tudo dentro de uma sacola e guardou a sacola no tronco de uma árvore.

Passou o tempo.

Um dia resolveu verificar se estava tudo certo e tomou um susto. Descobriu que a sacola de dinheiro tinha sido roubada.

— Depois de muito pensar — disse o sobrinho do roceiro —, cheguei à conclusão que o ladrão só podia ser o vizinho que morava na casa ao lado.

Então o moço decidiu fazer um plano.

Passou uma espécie de pasta branca no rosto para ficar bem pálido, foi para a cama e espalhou a notícia de que estava muito doente, que era doença sem cura e que logo, logo ia morrer.

Pega de surpresa, muita gente da cidade veio fazer visita, perguntar da doença, perguntar se precisava de alguma coisa, lamentar aquela fatalidade, desejar a ele boa sorte.

Até médico veio, deram remédios, chás e xaropes, mas nada de o moço ficar bom.

O pior doente é aquele que não quer ficar curado.

Deitado na cama e sempre tossindo, o moço continuou cada vez pior, cada vez mais pálido, cada vez com mais cara de quem está mais pra lá do que pra cá.

Deixou passar um tempo e, um dia, mandou chamar o vizinho.

Explicou a ele que sua doença era muito grave e que sentia que o fim estava chegando. Contou que era órfão de pai e mãe e que não tinha família nem ninguém neste mundo. Revelou então, com voz baixa, que tinha uns dinheiros em três sacolas escondidas em árvores.

O vizinho prestava cada vez mais atenção. Três sacolas?

O jovem enfermo continuou. Disse que tinha pensado muito, que não adiantava ter aquele dinheiro todo escondido para nada e que havia tomado uma decisão: dar tudo ao vizinho.

— Você é a pessoa que mora mais perto de mim. Você sempre foi bom e honesto comigo. Você merece!

Os olhos do outro brilharam dentro do rosto.

O moço colocou as duas mãos no peito e tossiu muito. Depois, continuou, falando com dificuldade.

Disse que assim que conseguisse, e quando Deus ajudasse e permitisse, ia sair da cama, pegar suas três sacolas, juntar o dinheiro e entregar ao vizinho.

O homem que morava ao lado agradeceu muito, disse "Deus lhe pague", se despediu e voltou para casa esfregando as mãos de contentamento.

Mas logo ficou preocupado.

E se o moço quase defunto, morre não morre, descobrisse que uma de suas sacolas tinha sido roubada? E se o moço doente, com raiva, desistisse da ideia de dar seu dinheiro?

Aquela noite, andando devagarinho, depois que todos tinham ido dormir, o sujeito foi na ponta do pé colocar a sacola de dinheiro de volta na árvore.

Da janela de sua casa, o sobrinho do roceiro viu tudo.

Mais tarde, foi até a árvore, pegou seu dinheiro de volta, arrumou as coisas e partiu.

Foi quando achou que era hora de visitar o seu velho e querido tio.

Os três deram muita risada com a história.

O moço ficou de pé.

Confessou que havia outra razão para ter voltado. Revelou que desde sempre tinha sido apaixonado pela prima, que não conseguia tirar aquela moça da cabeça e que, se ela aceitasse e o tio concordasse, queria se casar com ela.

A moça do cabelo cacheado primeiro ficou surpresa, segundo ficou vermelha e terceiro sorriu feliz da vida. Sempre tinha adorado aquele primo.

O pai da moça também ficou contente. Disse que concordava com a união dos dois, mas revelou seus piores temores. Contou do maldito fazendeiro, o homem que mandava e desmandava em toda a região. Contou o que o sujeito fazia com as moças do lugar.

Naquela noite, o roceiro, sua filha e seu sobrinho dormiram cheios de preocupação.

No outro dia, o moço pulou da cama cedo e contou que tinha tido uma ideia. Disse que ia resolver o problema do fazendeiro e que já podiam anunciar o casamento.

E assim foi.

A notícia se espalhou pela vila inteira e logo chegou aos ouvidos do fazendeiro.

— Quer dizer então que o danado daquele roceiro velho tinha uma filha bonita e ninguém sabia de nada?

E logo mandou um capanga até a casa da moça levando uma mensagem.

Ordenava que, antes do casamento, o noivo levasse a noiva até a fazenda pra ele ver a moça de perto.

Era o que o sobrinho do roceiro queria.

No lugar de sua prima, o noivo levou outra moça para o fazendeiro ver.

Era uma moça feia e ranzinza que só ela. O moço combinou tudo direitinho. Os dois fizeram um tipo de contrato. Ela fazia o papel da outra e ele pagava a ela depois.

A moça ranzinza balançou os ombros e topou.

E pensou com seus botões: "Se o fazendeiro gostar de mim, fico com ele e com o dinheiro. Se não gostar, fico só com o dinheiro e pronto".

Dias depois, quando o fazendeiro viu a falsa noiva chegando, fez uma careta e balançou a cabeça.

— Moço, dessa noiva aí vou abrir mão! — resmungou ele. — Pode levar de volta que ela eu não quero, não!

Por dentro o fazendeiro pensou orgulhoso: "Ele quis se casar com essa jabiraca feiosa porque não encontrou outra. As moças bonitas da cidade são todas para mim!".

O casamento foi marcado, tudo estava arranjado, combinado e acertado, a festa, o padre, os convites.

Um dia antes, porém, a moça ranzinza foi até a fazenda e procurou o fazendeiro.

Disse que não era noiva coisa nenhuma.

Contou o plano do noivo da moça do cabelo cacheado.

Os olhos do fazendeiro brilharam.

— Se o moço fez tudo isso é porque a noiva dele deve ser linda.

Agradecido, perguntou à mulher o que ela queria em troca daquela preciosa informação.

A mulher disse que ela queria mesmo era se casar com o noivo da moça do cabelo cacheado.

— Vamos fazer assim — propôs ela. — O senhor fica com a noiva dele e eu fico com o noivo dela!

E pediu mais:

— Se por acaso o moço não aceitar, o senhor pega e obriga ele a se casar comigo na marra.

O fazendeiro caiu na gargalhada. Naquela noite, aqueles dois armaram um plano. Plano medonho. Plano danado.

No dia do casamento, quando a noiva entrou na igreja, o noivo e o pai tomaram um susto.

O vestido branco da noiva era tão complicado, tão cheio de dobras e lenços e véus e frufrufrus que nem dava para ver a noiva direito.

Tanto pai como noivo acharam que aquilo era vaidade feminina, mas não era.

À noite, já em casa, após a cerimônia, quando o moço foi ver, descobriu espantado que tinha se casado com a mulher errada.

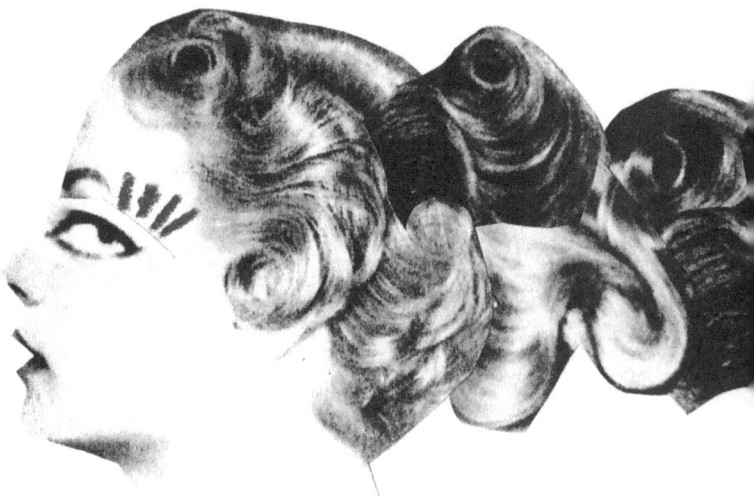

Debaixo daquele monte de véu e pano branco quem estava era a moça feia ranzinza.

Desesperado, o sobrinho do lavrador ficou sabendo do pior: além de ter se casado com a mulher errada, sua noiva de verdade, a moça do cabelo cacheado, tinha sido sequestrada e levada para o casarão do fazendeiro.

— Agora não tem volta — disse a mulher, toda risonha. — Agora você casou comigo. Agora não tem choro nem vela. Se casou, casou, tá casado!

Enquanto isso, lá longe, a moça do cabelo cacheado, cercada de capangas por todos os lados, era levada até o fazendeiro.

Mas de boba a filha do lavrador não tinha nada. No meio do caminho, sem que ninguém reparasse, lambeu a ponta de um toco de lápis que tinha na bolsa e deixou seu rosto, seu pescoço, seus braços e suas mãos cheios de pontinhos vermelhos.

Quando o fazendeiro veio, ficou encantado com a beleza da moça, mas assustado com aquele monte de pintinhas.

— Que manchinhas são essas, moça?

— Sei lá. Deve ser sarampo ou catapora!

O homem cuspiu o charuto no chão:

— Mas isso é doença! Isso é ruim! Isso é praga! Isso pega!

Irritado, o fazendeiro mandou prender a moça num quarto até a doença passar.

Lá longe, na casa do roceiro, o noivo, o moço, o primo da moça do cabelo cacheado, não engoliu nem um pouco aquela história.

Mandou a moça feia ranzinza tirar a roupa e deixou ela trancada no quarto, amarrada, pelada e gritando.

Depois, vestido com as roupas dela, colocou brinco e colar, enrolou um xale na cabeça e partiu a cavalo galopando rumo ao casarão do fazendeiro.

Conforme foi chegando, já foi gritando, imitando voz fina de mulher:

— Socorro! Me acudam! Ô, seu fazendeiro! Socorro! O noivo da moça do cabelo cacheado endoideceu! O homem ficou uma fera e está vindo agora pela estrada pra me matar, matar o senhor e pegar a moça de volta!

Ouvindo aquele berreiro, o dono da fazenda saiu na varanda e mandou o moço vestido de moça entrar para contar direitinho o que estava acontecendo.

Sempre com voz fina e enrolado nos panos e xales, o moço fingindo ser a moça feia ranzinza disse, aflito, que atrás dela vinham pela estrada o noivo, o pai da noiva e mais de 150 amigos armados até os dentes.

O fazendeiro até se assustou.

— Cento e cinquenta amigos? É muita gente! Tem certeza?

— Daí pra mais! — exclamou o moço imitando a voz da outra.

E deu um conselho:

— Se eu fosse o senhor, mandava seus homens lá pra fora agorinha mesmo. Melhor o senhor se proteger. A coisa hoje aqui vai ficar feia!

O fazendeiro achou bom ouvir os conselhos da mulher. Chamou todos os empregados da fazenda e ordenou que ficassem de prontidão, em volta do casarão, de tocaia com as armas na mão, prontos para o que desse e viesse.

Dentro de casa, ficaram então só o fazendeiro e o moço fantasiado de mulher.

Rápido feito um busca-pé aceso, o moço correu, trancou a porta, arrancou o xale da cabeça e gritou:

— Agora você me paga!

E de saia, brinco, colar e tudo pulou em cima do fazendeiro, que cercado de capangas era metido a valente, mas sozinho não era de nada.

E o noivo batia no fazendeiro e gritava e batia e batia mais:

— Cadê ela? Cadê ela? Cadê ela?

Com tanto soco, pontapé, murro e sopapo, o dono da fazenda desistiu de lutar e, gemendo, explicou qual era o quarto onde a moça do cabelo cacheado estava trancada.

Ao ver seu noivo e primo entrar no quarto de saia, brinco e colar, a moça gritou:

— Credo!

Depois, colocou a mão na boca e caiu na gargalhada.

Aproveitando que o fazendeiro ainda estava gemendo no chão, o moço foi de quarto em quarto destrancando as portas.

Então, pelos corredores do casarão foi surgindo uma moça atrás da outra. Na casa tinha 50 e tantos quartos. Eram 50 e tantas prisioneiras, cada uma mais brava do que a outra.

Enquanto os capangas do fazendeiro aguardavam escondidos nas moitas um inimigo que nunca veio, dentro do casarão, encolhido no chão, o sujeito viu cinquenta e tantas mulheres avançando para cima dele com mordidas, beliscões, tapas, puxões de cabelo, unhadas e sapatadas.

A que batia mais era uma moça que, apesar de estar vestida de mulher, tinha cara, força e jeito de homem.

Dizem que, depois de apanhar muito, o fazendeiro conseguiu escapar e, com as roupas esfarrapadas, correu, voou e tentou dar o fora saltando de uma janela.

Foi muito azar. Seus capangas estavam por ali de tocaia e com armas na mão. Quando viram aquele vulto assustado e desengonçado correndo, com as roupas rasgadas, acharam que só podia ser um dos invasores e passaram fogo no patrão, que assim teve um triste fim: morreu de morte matada.

Dizem que, tempos depois, a moça feia ranzinza acabou se apaixonando por um dos capangas do fazendeiro e, conversa vai, conversa vem, fugiu com ele ninguém sabe para onde. Dizem que por causa do amor ela até ficou mais moça, menos ranzinza e muito mais bonita.

Dizem que a filha do roceiro, a moça do cabelo cacheado, se casou com o moço que era seu primo e que os dois vivem felizes e estão juntos até os dias de hoje.

o lagartão da moça bonita

Aquele homem era viúvo e pobre, mas pobre mesmo. Morava num casebre pra lá de lá de longe e vivia do trabalho duro, todo dia, na terra.

De sol a sol, o homem limpava o mato. E preparava o chão. E plantava semente. E lutava e rezava. Rezava para a vida melhorar. Rezava para a chuva chover, molhar a semente e fazer a plantação crescer.

Apesar da vida difícil, aquele homem era feliz porque tinha duas alegrias. A primeira era sua filha querida e amada. A segunda, sua vaquinha pintada.

Certo dia de manhã, antes de ir para a roça, o roceiro fez o que fazia todos os dias. Foi até o cocho, picou cana e jogou farelo de milho por cima. Depois, bateu o facão pam pam pam na madeira do cocho chamando:

— Ê, Pintada! Ê, bichinha! Vamos! Vem comer!

Sua vaca estava para dar cria por aqueles dias.

O homem bateu, gritou, chamou, mas a vaca aquele dia não veio.

— Cadê a minha vaquinha? — perguntava o roceiro, preocupado. — Cadê a minha Pintada?

E o roceiro revirou tudo quanto foi canto. E vasculhou o mato. E esquadrinhou a capoeira — "Pintada!" — e subiu no alto do morro chamando, sempre de olho no chão:

— Cadê o rastro, cadê o casco, cadê o rumo da minha vaca?

Aquele dia o homem não foi trabalhar.

Avisou a filha, enfiou o chapéu na cabeça, pegou um pedaço de pau, uma sacola com carne-seca e partiu.

Entrou em tudo quanto era mato. Mato grosso e mato fino. E enfrentou cada escarpa de pedra que dava medo — "Pintada!" — e andou e desandou e andou que andou que andou em busca da vaca até a noite cair.

O roceiro então limpou o chão e fez uma fogueira para esquentar a carne. Já estava preparando um lugar para dormir quando escutou um ruído de galho quebrando no mato.

Apareceu um lagartão.

E o bicho veio que veio sem medo nem nada na direção do homem.

O bicho era grande.

O homem levantou-se com a faca na mão.

— Pode vir que eu te corto no meio!

O lagartão sabia falar:

— Sei onde está sua vaca!

O homem da roça estremeceu. Bicho falando? Mas não vacilou e ainda por cima desafiou:

— Então diz como é que ela é!

E o lagartão:

— É pintada, jeitosa e está prenhe pronta pra filhar.

Por dentro, o roceiro pensou: "É ela!".

Por fora, só perguntou:

— Cadê a minha vaca?

O lagarto olhou nos olhos do roceiro.

— Só digo se depois eu fizer um pedido e você aceitar.

O homem pensou: "Pedido de lagarto? Pedido de bicho tosco selvagem que vive à toa no mato?".

E respondeu na lata:

— Aceito e prometo qualquer coisa!

E o lagarto:

— Jure!

— Tá jurado! Cadê a Pintada?

Aquilo foi juramento de louco. Promessa cega de quem não sabe de nada vezes nada. O lagarto foi e mostrou onde a vaca do roceiro estava.

— Pintada! — disse o roceiro, feliz da vida.

O ruim veio depois.

O lagarto disse que desejava se casar com a filha do homem!

O sujeito deu um pulo.

— Isso não!

— Você aceitou!

— Isso não!

— Você prometeu!

— Isso não!

— Você jurou!

Naquela noite, dois vultos voltaram devagar pelas brenhas do mato. Na frente, um homem puxando uma vaca prenhe e dizendo baixinho:

— Isso não!

Atrás dele, esguio feito cobra venenosa, outro vulto: um lagarto.

No outro dia, homem, filha e lagarto tiveram uma conversa.

O roceiro explicou o que estava acontecendo.

A moça olhou nos olhos do lagarto. O lagarto olhou nos olhos da moça.

— Você jurou, pai?

O roceiro baixou a cabeça e chorou.

A filha bonita do roceiro era moça de palavra. Falou firme e forte:

— Se é promessa tem que cumprir. Se foi juramento, caso com ele!

Aquela foi uma cena rara de se ver.

No altar da capela, um padre, uma moça e um lagarto.

O povo pasmado na missa sem palavras nem rezas dentro da boca.

O lagarto e a moça juraram e prometeram que agora um era do outro. Custasse o que custasse. Doesse o que doesse. Pelo resto da vida.

Depois do casamento, a moça montou nas costas do lagartão, respirou fundo e sumiu num rabo de poeira que tomou conta da vida e do mundo.

Ô viagem de loucura, espanto e pesadelo.

O lagarto correndo pelo mato. Agarrada na pele áspera e dura do marido, a moça, de olhos fechados, ia que ia.

Mais tarde, o lagarto avisou:

— É agora! Segura firme!

E o bicho entrou por uma buraqueira escura e desceu, desceu, desceu.

Quando foi ver, a filha do roceiro tinha chegado a uma casa construída no fundo profundo da terra.

Casa grande, casa espaçosa, casa bonita.

— Essa casa agora é sua — disse o lagarto.

E não é que, de pouco em pouco, a moça foi se acostumando com a vida nova?

De dia, a moça arrumava a casa enquanto o lagartão sumia no mato.

À noite, depois do jantar, o casal ia para o quarto e se deitava na cama.

O lagarto então soprava o lampião e de repente, ninguém sabe como, o lagarto, na escuridão, nem parecia mais lagarto.

Sua pele áspera e dura ficava macia. Suas garras cheias de unhas em vez de arranhar viravam mãos. Mãos cheias de carinhos. E vinham abraços e beijos.

A moça gostava. Cada vez mais. A moça no escuro não via nada. Nem queria ver. Só sentir. A moça agora ficava o dia inteiro esperando a noite chegar.

De dia, o lagarto desaparecia.

De noite, quando a luz do quarto apagava, o mundo parecia outro mundo!

Dizem que o tempo só serve para uma coisa: passar.

Certa noite, na cama, o lagarto escutou a moça chorando.

— O que foi?

A moça tentou desconversar, mas no fim conversou e muito. Confessou que sentia saudade de casa. Saudade do pai. Saudade da Pintada e da vida na roça. Saudade daquele tempo que passou.

No escuro da noite, duas vozes trocaram palavras, ideias e sentimentos.

— Gosto de você — confessou a voz dela baixinho. — Gosto de viver aqui. Mas queria saber se meu pai está bem. Nem sei se meu pai está vivo!

O lagarto sentiu pena da moça.

— Deixo você ir visitar seu pai. Mas com uma condição. Quero que volte em três dias. E tem mais uma coisa. Não traga nada da casa de seu pai. Mas nada mesmo. Promete?

— Prometo!

— Jura?

A moça jurou.

No dia seguinte, a filha do roceiro tomou um susto. Quando acordou, estava parada de pé na frente da casa de seu pai.

Quanta alegria! Quanta felicidade!

Pai e filha, abraçados, choravam e riam e dançavam e giravam no terreiro da frente da casa.

Depois, o pai preparou um café, e os dois ficaram conversando pelo resto do dia.

— E a Pintada?

— Deu cria!
— E a roça?
— Vai indo. E você?
— Que saudade, pai!

A filha do roceiro contou que vivia numa casa enterrada no fundo de um buraco no chão. Disse que a vida era boa. Que a casa era bonita. Que o lagarto era bom.

— Sou feliz, pai!

A filha contou ao pai que à noite, no quarto, depois que a luz do candeeiro ia embora, o lagarto nem parecia lagarto.

Foi quando o roceiro sugeriu:

— Leve uma vela e acenda durante a noite. Assim você vai poder ver se é lagarto ou se não é.

A moça disse não.

— Eu prometi!

O pai insistiu:

— Que mal há?

— Eu jurei!

E o pai:

— Você precisa conhecer melhor o marido que tem.

No fim do terceiro dia, a moça se despediu do roceiro e seguiu o caminho indicado pelo marido. Logo encontrou o buraco no chão.

Escondido dentro do buraco, estava o lagarto.

— Trouxe alguma coisa da casa de seu pai?

— Trouxe não — respondeu ela.

Tudo mentira. Escondido debaixo da saia, a moça trazia um toco de vela.

E a vida na casa bonita enterrada no fundo do chão continuou igualzinha, sem tirar nem pôr.

De dia, a moça arrumava a casa. Mais tarde, depois do jantar...

Certa noite, a moça esperou o marido dormir bem dormido, foi, foi, foi, pegou devagarinho a vela e acendeu.

Surpresa das surpresas. No lugar do lagarto, deitado a seu lado na cama, tinha um moço. O moço dormia profundamente.

Encantada, a moça chegou mais perto para ver se aquilo era gente mesmo. Uma gota da vela caiu no peito do rapaz, que, assustado, deu um pulo da cama. E começou a gritar:

— Você me enganou! Você me traiu! Mentirosa! Eu pedi tanto!

Desesperado, o rapaz contou que era vítima de um feitiço e que o feitiço estava quase chegando ao fim. Mostrou seus pés. Estavam doentes. Estavam em carne viva, cheios de manchas e feridas.

O moço disse que aquilo era o resto de um feitiço.

— Você estragou tudo! Você prometeu! — disse ele chorando, desconsolado. — Malvada! Agora a doença vai tomar conta de mim outra vez!

A moça só conseguia chorar e pedir desculpas.

O moço chorava também.

Naquela noite os dois dormiram abraçados, chorando.

No outro dia, o moço disse que precisava ir embora.

— Preciso voltar para a casa do meu pai. Se eu ficar aqui, eu morro.

Contou que seu pai era fazendeiro e sua fazenda ficava longe, no alto da Serra do Lagarto.

— E eu? — perguntou ela. — Sou sua mulher. Gosto de você! Quero ir junto!

O moço chorou.

— Se gostasse mesmo, não mentia! Se gostasse mesmo, cumpria sua promessa! Você jurou!

— Eu errei!

O moço disse que não tinha mais jeito.

— Melhor voltar para sua vida de antigamente. Melhor voltar para a casa de seu pai. Faz uma coisa: vê se me esquece.

A moça insistiu:

— Quero ir com você!

No fim, o moço disse:

— Se quiser me ver, saia pelo mundo em busca da Serra do Lagarto. É pra lá que eu vou. Antes disso, olhe nossa casa, pegue o que sentir vontade e leve na viagem.

Disse isso e partiu.

Por três noites e seus dias a moça chorou e soluçou deitada na cama.

No quarto dia, tomou uma decisão.

— Vou atrás do homem que amo!

Antes de ir embora olhou em volta. Havia três coisas da casa que ela gostava muito: um vaso com flores de prata, um pássaro de pedra dourada e uma caixinha de veludo vermelho.

—Vou levar essas coisas para nunca me esquecer do tempo feliz que vivi com o moço lagarto da casa bonita construída debaixo da terra.

E lá se foi a filha do roceiro pelas estradas do mundo.

O mundo tem muitas estradas, mas a moça só queria saber de uma. E andava e perguntava. E perguntava e andava. Ninguém sabia onde a Serra do Lagarto ficava.

Por vezes uma nuvem escura tomava conta de tudo. Cansaço da viagem. Cansaço de andar sem rumo certo. Cansaço de sentir saudade.

Nessas horas, a moça sentia vontade de desistir, de voltar para a casa do pai, de sumir do mundo, de morrer. Era quando escutava a voz do moço. E imaginava o corpo dele junto ao dela. E lembrava tudo o que aconteceu. E vinha o arrependimento por ter mentido. E vinha a vontade de encontrar o moço de novo. Vontade cheia de certeza. Agora ela sabia. Amava aquele moço.

De estrada em estrada, de caminho em caminho, um ano inteiro se passou.

Uma tarde, a moça descansava sentada debaixo de uma árvore.

Passou uma velha carregando lenha nas costas. A velha era velha mesmo. Parecia ter mais de cem anos.

A moça pediu licença e ajudou a velha a levar a lenha para casa.

À noite, depois de comerem um pouco, a filha do roceiro abriu o peito e contou sua história. Disse que sua vida era andar pelo mundo procurando por uma fazenda que ficava na Serra do Lagarto.

A velha sorriu:

— Eu sei onde fica esse lugar!

A mulher disse mais. Sabia o caminho e sabia como curar o encanto do moço.

Foi até o mato e colheu muitas ervas e raízes. Em seguida, na cozinha, preparou um pó. Guardou o pó em três vidrinhos e deu para a moça levar. Depois ensinou o caminho para a filha do roceiro.

— Quando encontrar o moço da Serra do Lagarto, dê um jeito de passar esse pó nas feridas dele, cada dia um vidrinho. No terceiro dia ele vai ficar bom.

No dia seguinte, mal o dia raiou, a moça agradeceu, guardou os três vidrinhos na caixinha de veludo vermelho e partiu.

E tome viagem. E tome estrada. E tome caminho.

Tempos depois chegou a uma vila. De conversa em conversa descobriu que o lugar ficava perto da Serra do Lagarto. E que por lá vivia um fazendeiro. E que o fazendeiro tinha um filho. Um filho doente. E que o rapaz tinha uma noiva que agora cuidava dele.

A filha do roceiro estremeceu: "Mas a mulher desse moço sou eu!".

Para piorar as coisas, o povo da cidade falava que a noiva do filho do fazendeiro era falsa. Fingia que cuidava da ferida do moço, mas não cuidava. Disseram que ela preferia manter o rapaz doente para que assim ele ficasse um eterno dependente dela.

Sem saber nem o que pensar nem o que fazer, a filha do roceiro resolveu ficar morando na tal vila. Pelo menos assim ficava um pouco perto do marido.

Um belo dia, sentada na beira do rio, sem ter o que fazer, a moça por acaso tirou da sacola o vaso com flores de prata. Aquele vaso trazia a ela recordações de uma casa escondida no fundo do chão.

Uma menina passou pela estrada e viu o vaso.

A tal menina trabalhava para a noiva do filho do fazendeiro.

A criada foi voando avisar sua patroa.

— Um vaso com flores de prata? — perguntou a noiva.

— A coisa mais linda, dona!

A noiva do filho do fazendeiro mandou a menina voltar e comprar o vaso. Ela tinha dinheiro. Ela pagava. Fosse o preço que fosse.

A criada foi, mas a filha do roceiro respondeu:

— Dou a ela o vaso de presente. Mas com uma condição.

Ao escutar o que a moça queria, a menina arregalou os olhos e foi correndo falar com a patroa.

— Ela disse que dá o vaso de graça, dona, se puder passar uma noite no quarto do filho do fazendeiro!

De princípio, a noiva ficou brava:

— Que safadeza é essa?

Mas depois pensou melhor. "Na hora de passar a pomada na perna do moço, dou um chá para ele dormir e depois fico com o vaso das flores de prata da mulher."

No outro dia, mandou a criada chamar a filha do roceiro, levou a moça até o quarto do rapaz, pegou o vaso de flores de prata e foi embora escondendo o riso.

Assim que fechou a porta, a filha do roceiro correu até o marido que estava deitado na cama.

— Olha pra mim! Amo você! Lembra? Sou eu! Me perdoa!

Mas, por causa do chá, o moço não acordou.

Desanimada, a filha do roceiro chorou. Depois, pegou um vidrinho da caixinha de veludo vermelho, jogou o pó na ferida do moço e foi embora.

No outro dia, sem saber o que pensar, nem o que fazer, foi para a beira do rio com o pássaro de pedra dourada. Aquele pássaro trazia a ela recordações do lagarto que de dia era lagarto e de noite não.

A criada da noiva, quando passou perto, viu o pássaro e foi correndo contar para a patroa.

— Um pássaro de pedra dourada?

— A coisa mais linda, dona!

A patroa mandou a criada dizer que a noiva do filho do fazendeiro queria que aquele pássaro fosse dela. Pagava caro. Custasse o preço que custasse.

A filha do roceiro não pensou duas vezes:

— Dou o pássaro de graça se puder passar uma segunda noite no quarto do filho do fazendeiro.

Aquela vez, a noiva do filho do fazendeiro nem titubeou. Aceitou a proposta feliz da vida. Mas, antes, mandou servir certo chá a seu noivo.

Na segunda noite, assim que fechou a porta, a moça correu até o moço deitado na cama, segurou seu braço e começou a sacudir.

— Olha pra mim! Amo você! Lembra? Sou eu! Me perdoa!

Mas, por causa da dormideira, o moço não acordou.

Desanimada, a moça chorou muito. Depois pegou outro vidrinho na sacola, jogou o pó na ferida do moço e foi embora.

Dias depois tudo se repetiu.

Aquela caixinha de veludo vermelho trazia à moça lembranças das noites de beijos e carinhos dela com seu marido. Aquela caixinha enchia seu coração de calor e de esperança.

A criada, quando viu a caixinha, foi logo contar para a patroa.

A noiva do filho do fazendeiro mandou dizer que também queria a caixa de veludo e aceitava propostas.

A filha do roceiro pediu para passar uma terceira noite no quarto do filho do fazendeiro.

Mandou a caixinha vermelha para a noiva do moço, mas vazia. Guardou o vidrinho com o remédio bem guardado debaixo da saia.

Tudo ia se repetir, mas dessa vez a coisa foi diferente.

Acontece que o filho do fazendeiro tinha um moço que trabalhava para ele. O rapaz dormia no quarto ao lado. O rapaz era de confiança.

Um dia antes, o moço procurou o patrão. Contou que, por duas noites, tinha escutado uma voz de mulher falando no quarto ao lado. A voz de mulher dizia: "Olha pra mim! Amo você! Lembra? Sou eu! Me perdoa!".

O filho do fazendeiro no começo duvidou. Voz de mulher? Que mulher? No quarto dele? Mas como, se ele não ouviu nem viu nada?

O empregado chegou mais perto. Falou em voz baixa. Disse que precisava contar uma coisa. Tinha visto a noiva do moço, por duas vezes, mandando preparar um chá, um chá dormideiro, um chá que bastava beber para a pessoa dormir na hora. Disse mais: que a noiva fingia que tratava da ferida do moço, só que era mentira. Contou que, conversando com a criada, ficou sabendo que aquela pomada que ela colocava na perna dele era remédio de mentira e fingimento. Só lama e areia misturadas.

O moço arregalou os olhos.

Na terceira noite, o filho do fazendeiro fingiu que tomou o chá mas cuspiu tudo fora.

Foi assim.

A noite veio. Mal entrou no quarto, a filha do roceiro fechou a porta, correu até o moço, segurou seu braço e começou a sacudir. Disse mais uma vez:

— Olha pra mim! Amo você! Lembra? Sou eu! Me perdoa!

Mas o moço não acordou. Desanimada, a moça sentou-se na beira da cama e chorou e soluçou. Depois, pegou o último vidrinho, jogou o pó na ferida do moço e se preparou para ir embora. Foi quando o filho do fazendeiro disse:

— Pera aí!

Pelo resto daquela noite, o filho do fazendeiro e a filha do roceiro primeiro conversaram, contaram coisas, fizeram confissões, choraram, lembraram. Depois se abraçaram e se beijaram.

No dia seguinte, quando acordou, o moço ficou espantado: suas pernas estavam boas. Sua doença tinha sarado!

Naquele mesmo dia, mandou chamar a noiva. Era para uma conversa.

A noiva veio desconfiada. O filho do fazendeiro então contou a ela sua história. Falou do feitiço. Falou do corpo de lagarto. Falou das feridas nas pernas. Falou do casamento e da moça que um dia viveu com ele numa casa bonita enterrada no fundo da terra. Mostrou a perna curada. E começou a ficar bravo.

Disse que já sabia de tudo. Do chá de dormideira. Da falsidade. Da mentira. Disse que sabia da pomada de mentira feita de lama e areia.

Abriu a porta. Mandou a moça pegar, arrumar suas coisas, e sumir de sua vida.

Dizem que o filho do fazendeiro nunca mais virou lagarto e que viveu anos e anos com a filha do roceiro, com quem teve muitos filhos.

o filho da mulher que só pensava nela mesma

Aquele fazendeiro se casou com a moça mais bonita do lugar.

O povo dizia: "Por fora bela viola, por dentro pão bolorento".

É que aquela moça na aparência podia ser bonita, mas por dentro...

O casal teve um filho. Quando o menino estava para inteirar 7 anos, o fazendeiro avisou sua esposa que precisava fazer uma viagem de negócios. Era assunto de venda e compra de gado. O fazendeiro tinha que visitar lugares distantes. O marido tinha que passar meses fora de casa.

Antes de montar no cavalo e partir, o fazendeiro abraçou a esposa e o filho.

— Vou sentir falta de vocês dois! — disse ele.

Depois sumiu com sua tropa na estrada poeirenta.

Não demorou nem uma semana e a fazendeira arranjou um namorado. O sujeito era filho de um comerciante da região.

O homem é fogo, a mulher é palha: vem o diabo, assopra e espalha.

Com o passar do tempo, o namoro da esposa do fazendeiro foi esquentando.

Dia sim, dia não, a moça inventava que precisava sair, arranjava uma desculpa qualquer e deixava a criada tomando conta do filho. "Preciso ver não sei o que não sei onde"; "Preciso conversar com fulana por causa disso e daquilo"; "Vou até ali e volto logo".

A criada era mulher avançada na idade. Baixava a cabeça e suspirava.

A fazendeira não queria saber de nada.

A mulher do fazendeiro só pensava nela mesma.

Para não dar na vista, o casal de namorados passou a se encontrar num casebre abandonado que ficava escondido no meio de um bambuzal.

Como a moça tinha preguiça de ir sozinha a cavalo, passou a ir até o casebre de charrete, levada por um empregado do fazendeiro.

Era sempre a mesma coisa. Ela sentada no banco de trás. O sujeito na frente guiando. Quando chegavam no bambuzal ela dizia:

— Pode parar aqui mesmo, moço. Fique me esperando que daqui a uma hora eu volto.

Falava, sorria e se metia apressada no matagal de bambus.

Certo dia, a criada não aguentou e disse:

— Dona, toma cuidado!

A esposa do fazendeiro não gostou.

— Não se mete na minha vida!

E ameaçou:

— Se abrir o bico, eu te mato!

O tempo é sopro invisível que vem e vai.

Um dia, o carroceiro que sempre levava a moça até o bambuzal parou a charrete, olhou bem para a patroa e disse:

— É o seguinte: ou a senhora me dá algum dinheiro ou eu vou e conto tudo quando o fazendeiro voltar!

A partir daquele dia, a mulher do fazendeiro passou a pagar o sujeito todo mês.

Os encontros dela com o filho do comerciante continuaram, mas, com o tempo, a coisa piorou.

O carroceiro foi ficando cada vez mais à vontade, mais folgado, mais íntimo. Nem chamava mais a patroa de senhora. Era só "você". Às vezes sorria malicioso. Às vezes olhava a moça com um olhar diferente.

Um dia, virou-se para ela e abriu o jogo:

— Quero namorar você também!

E o empregado veio com ameaças. Ou a mulher namorava ou ele contava tudo ao fazendeiro quando ele voltasse de viagem.

— Mas eu estou te pagando! Quer mais dinheiro?

O sujeito disse que não queria dinheiro. Queria ela mesmo. E caiu na risada:

— Pensa nisso.

Naquele dia, a esposa do fazendeiro ficou aflita, voltou para casa preocupada e acabou pedindo conselho à criada.

— Você tem experiência! E agora? O que é que eu faço?

A mulher aconselhou a patroa a fugir.

Disse que o fazendeiro estava para voltar.

Disse que o fazendeiro ia acabar sabendo de tudo.

— Se ele souber, dona, não sei não...

Na mesma hora, a moça casada com o fazendeiro percebeu que não tinha outra saída.

Arrumou uma sacola e já estava pronta para partir quando a criada perguntou:

— E o menino? E seu filho?

— É mesmo!

A moça chamou o filho. A criada deu a ela uma sacola com água, leite, açúcar, pão e um pouco de queijo. A mulher do fazendeiro caiu nas estradas do mundo.

Como este mundo é grande, meu Deus do céu!

É um tal de sobe e desce e anda e para e para e anda que não tem fim. Quanto tipo de lugar este mundo tem!

E a moça mais o filho percorreram caminhos. Enfrentaram montanhas, campinas e florestas. Atravessaram córregos, riachos e rios.

Quando a noite chegava, ela arrumava um cantinho e dormia com o menino.

Para comer, ou pegava um pouco de pão, queijo e leite, ou ia se virando, arranjando comida aqui e ali, pedindo nas casas que encontrava pelo caminho.

Certo dia, encontrou um rio, resolveu sair da estrada e seguir suas margens. Quando foi ver, estava perdida num matagal fechado.

Andou mais um pouco e, no fim, foi dar numa casa.

Uma casa no meio do mato.

Foi quando apareceu um homem.

Diziam que aquele sujeito tinha cometido tantos crimes e feito tantas malvadezas que, perseguido pelo povo, acabou indo morar escondido no mato. Diziam que, de pouco em pouco, o tal homem foi se transformando numa espécie de bicho. Tanto que passou a ser conhecido como Bicho do Mato.

Mas não é que o Bicho do Mato gostou da moça?

Cheio de gentilezas, abriu a porta e mandou a mulher entrar. Ofereceu a ela e ao filho dela casa e comida.

— Fique à vontade, moça — disse ele, olhando bem para ela. — Sinta-se em casa.

E assim a esposa do fazendeiro ficou morando com o Bicho do Mato.

O tempo passou. O filho da moça cresceu.

Um dia, o Bicho do Mato chamou a mulher de lado e disse que estava cansado daquele rapaz morando com eles. Agora o moleque já estava crescido. Agora já podia se virar sozinho. Agora era hora de se livrar dele.

A moça concordou e perguntou:

— Como é que a gente faz?

O Bicho do Mato tinha uma ideia. O rapaz gostava muito da mãe. A moça devia cair de cama fingindo que estava doente. O Bicho do Mato diria ao menino que para salvar a mãe só tinha um remédio no mundo. Era um pó feito com as asas do Pássaro Prateado que vivia num mato muito longe dali.

— Assim o moleque vai embora e se perde no mundo — explicou ele.

Dito e feito. Preocupado com a doença da mãe, o rapaz arrumou suas coisas e caiu na estrada em busca do tal passarinho de prata.

Mal ele dobrou a curva da estrada, o Bicho do Mato caiu na risada e disse para sua mulher:

— Esse aí não volta nunca mais.

E lá se foi o filho da fazendeira pelos caminhos e descaminhos do mundo.

E toca a enfrentar estrada. E toca a enfrentar desafio.

Dizem que o rapaz andou quilômetros e quilômetros de distância.

Um dia, estava descansando sentado debaixo de uma árvore quando sentiu no ar uma espécie de força. Pareciam olhos. Era como se alguém estivesse espiando. Era como se alguém estivesse olhando firme para ele. Foi quando do meio do mato saiu uma burrinha. Só que o bicho era diferente. Aquele bicho falava. E tinha a voz suave, jeitosa e delicada. E foi assim, a tal burrinha chegou e disse:

— Sei que está precisando de ajuda. Sei que anda procurando o Pássaro Prateado.

No começo, o rapaz ficou desconfiado.

A burrinha pediu a ele que não tivesse medo. E falou a verdade. Contou que a mãe do moço mais o Bicho do Mato tinham inventado aquela viagem para ele ir embora e nunca mais voltar.

O rapaz até gritou:

— Não pode ser!

A burrinha pediu que ele confiasse nela.

— Preciso muito de sua confiança. Só com ela eu vou ter força para poder te ajudar.

Alguma coisa na voz ou no jeito daquela burrinha mágica fez com que o rapaz sentisse firmeza. A burrinha disse:

— Eu sei onde mora o Pássaro Prateado. Venha. Monte nas minhas costas.

E assim, sem saber direito nem como nem por quê, o rapaz seguiu seu sentimento, montou nas costas da burrinha e saiu voando pelos ares do mundo numa viagem inexplicável. Voaram, voaram, voaram e, no fim, foram parar na casa de um velho.

O velho era amigo da burrinha. O velho parecia saber tudo sobre o filho do fazendeiro.

Deu ao rapaz um arco e uma flecha e mandou que ele entrasse no mato e fosse andando até encontrar uma árvore assim, assim, assim que ficava na frente de uma lagoa escura arrodeada de areia branca.

— A árvore tem folhas escuras. Suba nela e fique atento. Todo fim de tarde, a passarada vem se banhar e beber água da lagoa. No meio da passarada vai estar o pássaro de asas prateadas. Atire a flecha bem no meio do peito e depois traga o bicho aqui.

Seguindo os conselhos do velho, o moço, no dia seguinte, foi, descobriu a árvore, trepou em seus galhos, esperou a passarada chegar, atirou a flecha e matou o Pássaro Prateado.

Quando voltou, o velho correu e preparou um pó feito com as asas do tal pássaro, colocou o pó num vidrinho e entregou ao rapaz.

— Leve o remédio para sua mãe. Mas preste atenção. Se por acaso não for preciso usar, guarde o vidrinho bem guardado no bolso de sua calça.

O rapaz agradeceu, montou a burrinha encantada e saiu voando. Sentia firmeza no voo inexplicável daquela burrinha. Cada vez mais. Estava até começando a gostar de verdade daquele bicho encantado. No fim daquele mesmo dia, estava de volta à casa do Bicho do Mato.

o filho da mulher que só pensava nela mesma

A burrinha disse:

— Agora é com você. Boa sorte! — E sumiu no ar.

O rapaz correu até a casa e entrou sem bater à porta. Encontrou sua mãe sentada na sala fazendo cafuné no Bicho do Mato.

Os dois tomaram um susto.

— Ué! — exclamou ela. — Você voltou!

— Trouxe o seu remédio, mãe!

A mulher disfarçou.

— Agora não precisava mais, filho. Você sumiu por aí e demorou tanto que eu acabei me curando sozinha.

O rapaz examinou a mãe, examinou o Bicho do Mato, lembrou das palavras da burrinha encantada, mas achou melhor não dizer nada.

O tempo passou feito um bicho assustado fugindo não sei de quem.

Não é que a mãe do rapaz ficou doente de novo?

Agora era uma dor de lado que não passava de jeito nenhum. E a mulher gemia. E a mulher reclamava. E a mulher chorava.

O Bicho do Mato chamou o filho dela. Disse que para aquela doença só tinha um remédio. Era um pouco de lágrima do Lagarto Choroso.

— Lagarto Choroso?! — perguntou o rapaz. — Isso existe?

O Bicho do Mato disse que o tal bicho existia, sim, e que o tal bicho morava longe, longe, longe na Serra da Pedra Quebrada.

Mesmo desconfiado, o filho olhou a mãe gemendo na cama e decidiu:

— Eu vou!

E lá se foi de novo o filho da fazendeira pelas estradas e trilhas do mundo.

E toca a enfrentar estrada. E toca a enfrentar desafio.

Dizem que o rapaz andou léguas e léguas de distância.

Um dia, a burrinha apareceu outra vez.

Os dois se olharam com alegria.

— Nem precisa me contar nada — disse ela. — Sei que agora você está atrás do Lagarto Choroso.

A burrinha mandou o moço tomar muito cuidado. Contou que sua mãe mais o Bicho do Mato tinham inventado aquela viagem para ele ir e nunca mais voltar.

O filho da fazendeira baixou a cabeça.

A burrinha disse que podia ajudar. Pediu que o menino subisse em suas costas.

E tudo se repetiu. Depois de uma longa e inexplicável viagem no lombo da burrinha encantada, os dois chegaram de novo na casa do velho.

O velho sabia como encontrar o Lagarto Choroso.

Deu ao rapaz um vidrinho e uma arapuca com dois ratinhos dentro. Mandou que ele entrasse no mato e andasse até chegar num morro de pedra assim, assim, assim. Ali era a Serra da Pedra Quebrada.

— O lagarto mora lá — disse o velho. — Você vai, sobe na serra, coloca a arapuca com os ratinhos e se esconde atrás de uma pedra. Fique atento. O lagarto vai aparecer para querer comer os ratinhos. Quando o bicho cair na armadilha e perceber que ficou preso, vai ficar desesperado e começar a chorar. Aí você vai e com cuidado colhe as lágrimas dele e coloca nesse vidrinho.

O rapaz fez direitinho tudo o que o velho mandou.

No outro dia, o velho disse:

— Agora, leve o remédio para sua mãe. Mas preste atenção. Se por acaso não for preciso usar, guarde o vidrinho bem guardado no bolso de sua calça.

O rapaz agradeceu, montou a burrinha encantada e lá saíram os dois pelos ares do mundo. E que viagem gostosa. O moço gostava da burrinha cada vez mais. Pensou consigo mesmo: "Um dia eu levo essa bichinha bonita para viver comigo".

No fim daquele mesmo dia, estava de volta à casa do Bicho do Mato.

A burrinha disse outra vez:

—Toma cuidado. Te cuida. Sua mãe e o Bicho do Mato são gente ruim. Talvez queiram acabar com a sua vida. Se isso acontecer, não tenha medo nem se preocupe. Confie em mim. Preste atenção. Faça isso, isso e isso.

Os dois encostaram a cabeça um no outro.

Depois a burrinha se despediu e sumiu no ar.

o filho da mulher que só pensava nela mesma

O rapaz correu para casa e entrou sem bater na porta. Encontrou sua mãe deitada na rede com o Bicho do Mato.

Os dois tomaram um susto.

— Ué! — exclamou ela. — Você voltou!

— Trouxe o seu remédio, mãe.

A mulher tentou disfarçar:

— Agora não precisava mais, filho. Você sumiu por aí e demorou tanto que eu acabei me curando sozinha.

O rapaz examinou os dois, lembrou das palavras da burrinha encantada, mas achou melhor não dizer nada.

Naquela noite, o Bicho do Mato e a esposa do fazendeiro fizeram um plano. Matar o rapaz. Mãe querendo matar o próprio filho!

— Não tem mais jeito — disse ele.

— Não tem mais jeito — disse ela.

Na manhã seguinte, quando acordou, o rapaz deu de cara com o Bicho do Mato com uma faca na mão parado perto da cama.

— Sua hora chegou! — avisou o Bicho do Mato, agarrando o rapaz pelo pescoço.

Antes de morrer, o rapaz fez o que tinha combinado com a burrinha.

— Tenho um último pedido! — disse. — Por favor, quando eu morrer, peço a você que corte e pique meu corpo e coloque tudo dentro de um saco. Vai aparecer uma burrinha. Só peço que você amarre o saco no lombo dela.

O Bicho do Mato sacudiu os ombros e fez o que o rapaz pediu.

No outro dia, com o corpo do rapaz no lombo, a burrinha encantada voou e voou mais depressa do que nunca até a casa do velho.

Lá chegando, o velho pegou com cuidado os pedaços do rapaz e juntou tudo de novo, parte por parte. Depois, procurou no bolso da calça dele os dois vidrinhos: o que tinha o pó feito da asa do Pássaro Prateado e o que guardava as lágrimas do Lagarto Choroso. Misturou o pó com as lágrimas, preparou uma espécie de cola e juntou o rapaz todinho.

Quando o velho terminou o serviço, o menino deu um suspiro e abriu os olhos.

O filho da fazendeira estava vivo de novo! O filho da fazendeira ressuscitou!

Nesse exato instante, a burrinha encantada estremeceu, virou uma fumaça colorida e sumiu. No lugar dela surgiu uma moça muito bonita.

O filho da fazendeira ficou de queixo caído. A burrinha se transformou na moça mais linda que ele já tinha visto na vida.

A jovem disse que tinha sido vítima de um feitiço e que graças à confiança do rapaz ela agora tinha voltado a ser ela mesma.

Ninguém sabe que fim levou a esposa do fazendeiro, nem o Bicho do Mato, mas isso tanto faz como tanto fez.

Do fazendeiro também ninguém mais teve notícia.

O que importa é o que aconteceu depois: o filho do fazendeiro e da mulher que só pensava nela mesma começou a namorar e acabou casando com aquela que antes tinha sido uma inexplicável burrinha doce e encantada e que virou uma linda moça. Dizem que os dois viveram uma grande e generosa história de amor. Tomara que sim!

a moça, o gigante e o moço

Era um homem pobre.

Vivia com a mulher, as três filhas e um filho pequeno num casebre de madeira. Trabalhava na roça, plantando frutas e verduras que depois, com cuidado, punha na carroça e levava para vender na feira da vila, do outro lado do morro.

Apesar de tudo, o homem vivia com um sorriso desenhado nos lábios.

— É que eu sou pobre, mas sou rico!

— Como assim? — perguntavam os amigos, conversando na feira.

— Ora essa! Primeiro, tenho saúde de sobra! — ele explicava, orgulhoso. — Segundo — e seus olhos brilhavam —, tenho quatro filhos!

Seu menino ainda era pequeno, mas as filhas eram moças cheirosas, três doçuras, cada uma mais linda que a outra.

Foi um dia.

A mais velha saiu de casa cedo com um cesto de vime na cabeça. Ia pegar verdura para ajudar o pai. Ninguém viu. Dizem que foi um leão imenso. Apareceu, não se sabe como nem por quê. Atacou, prendeu e levou a moça embora.

O homem, quando soube que havia perdido a filha mais velha, chorou xingando a vida e o mundo.

Passou o tempo.

Era a filha do meio. Estava em cima do galho da árvore colhendo fruta. Um gavião surgiu do nada e carregou a moça com suas garras, desaparecendo entre as nuvens do céu.

Ao descobrir que havia perdido a filha do meio, o homem gritou e berrou. Catou um machado. Saiu feito louco pelo mato enfrentando a noite. Chamava o nome da filha. Queria a filha de qualquer jeito. Não encontrou nada. Apenas seu rosto ficando mais velho e carcomido.

Meses se passaram.

Depois de um dia inteirinho capinando perto do taquaral, a moça mais moça resolveu tomar banho no rio. Estava calor. Tempo abafado. As cigarras, cantando forte, parece que avisavam alguma coisa.

A moça, distraída, tirou a roupa. Era bonita. Mergulhou de cabeça nas águas turvas do rio.

Um peixe vermelho apareceu de surpresa e levou a moça, que nem teve chance de gritar socorro.

Daquela vez, ninguém teve coragem de contar ao homem o acontecido.

Quando a noite chegou, a moça mais moça não veio. Nem no outro dia. Nem nunca mais.

Sentado na porta de casa, o homem agora parecia um velho fraco e doente, chorando calado com a cabeça caída entre as mãos.

O tempo às vezes é lerdo. Outras vezes é veloz. O tempo, veloz ou lerdo, ninguém vê.

O filho do homem cresceu.

Virou rapagão forte e corajoso.

Um dia, pediu a bênção do pai, beijou a mãe e avisou que ia embora. Disse que tinha tomado uma decisão: andar e andar até encontrar e trazer suas irmãs de volta.

Pai e mãe abraçaram o filho. O moço caiu no mundo.

E o mundo não é pequeno.

Tem rio cortando terra. Tem morro em cima de morro. Tem floresta escura. Tem gentes, mistérios e até cidades crescendo depois do mar.

Uma tarde, numa estrada deserta, o rapaz ouviu vozes. Aproximou-se devagar. Eram bichos conversando. Um leão, um gavião e um peixe vermelho discutiam e brigavam por causa de um boi morto. Cada um queria o boi para si. Estavam lá fazia tempo e não conseguiam entrar num acordo. O moço chegou perto. Disse que podia ajudar. Os bichos aceitaram. O rapaz puxou uma faca da sacola e esquartejou o boi. Deu a carne do lombo e as pernas de trás para o leão. As costelas e as pernas da frente para o gavião. As tripas, os bofes e os miúdos para o peixe.

Todos ficaram satisfeitos.

Agradecido, o leão ofereceu ao moço de presente um fio de sua juba. Disse que era um fio mágico.

O gavião ofereceu uma pena de duas cores. Disse que era mágica.

O peixe puxou uma barbatana. Disse a mesma coisa.

Guardando tudo na sacola, o rapaz agradeceu e foi embora.

A viagem era longa.

Uma noite, enxergou uma luz brilhando na estrada. Era um castelo de pedra. O moço andou mais. O castelo era guardado por soldados. Os soldados não eram soldados, eram animais. Admirado, o moço ficou espiando atrás de uma moita. Foi quando uma moça bonita surgiu numa janela. O coração do rapaz quase parou. Aquela moça era sua irmã mais velha. O rapaz pegou o fio da juba do leão e apertou entre os dedos. Graças a isso, conseguiu entrar no castelo sem ser atacado por nenhum bicho. Tanto fez, tanto andou, tanto fuçou que acabou chegando no quarto da irmã. A moça levou um susto. Depois, chorou de alegria. Abraçados, os dois perguntavam coisas um para o outro:

— Como você cresceu!

— E nosso pai? E nossa mãe?

— Quanto tempo!

— Que saudade!

A moça contou sua história.

Estava casada com o rei dos animais. Ele era um príncipe encantado no corpo de um leão.

Mal começara a falar e um rugido estremeceu as muralhas do castelo.

— Nossa! É ele! Corre! Entra no armário! Se o leão te pega, vai querer te matar!

Rápido, o rapaz se enfiou no armário.

O leão entrou no quarto rosnando. Olhou em volta, desconfiado. Farejou. Depois, tomou um banho morno e transformou-se num príncipe. Disse que tinha fome. Convidou a moça para jantar. Durante a refeição, a moça perguntou:

— Meu marido, o que faria se por acaso meu irmão, o seu cunhado, viesse até aqui fazer uma visita?

— Dava um abraço e convidava para sentar na mesa e comer com a gente.

A moça sorriu, levantou-se e trouxe o irmão, que estava escondido.

O príncipe abraçou o cunhado. Convidou-o a sentar na mesa. Mandou vir mais comida. Reconheceu nele o moço que havia repartido a carne do boi, um dia, numa estrada deserta. Contou que tinha sido enfeitiçado e que estava perdido: o feitiço só se quebraria com a morte do feiticeiro, e o feiticeiro era um gigante que ninguém matava.

No dia seguinte, o moço, que andava em busca de suas três irmãs, despediu-se e foi embora.

Antes, o príncipe, rei dos animais, ensinou-lhe o caminho que ia dar no castelo da irmã do meio.

O castelo ficava no alto de um despenhadeiro. Era guardado por pássaros de todo tipo. O moço chegou perto e apertou nas mãos a pena do gavião. Os pássaros deixaram-no passar. Entrou no castelo e tanto fez, tanto andou, tanto fuçou que acabou encontrando sua outra irmã. A moça levou um susto. Depois, chorou de alegria.

A moça contou sua história.

Estava casada com o rei dos pássaros. Ele era um príncipe encantado no corpo de um gavião.

Mal começara a falar e um grito estremeceu as muralhas do castelo.

— Nossa! É ele! Corre! Entra no armário!

Rápido, o rapaz se enfiou no armário.

O gavião entrou no quarto guinchando. Olhou em volta, desconfiado. Depois, tomou um banho morno e transformou-se num príncipe. Disse que tinha fome. Convidou a moça pra jantar. Durante a refeição, ela perguntou a ele o que faria se por acaso o irmão dela, cunhado do gavião, fosse até lá fazer uma visita.

— Dava um abraço e convidava para sentar na mesa e comer com a gente.

A moça trouxe o irmão, que estava escondido.

O príncipe abraçou o cunhado. Reconheceu nele o moço que havia repartido a carne do boi, um dia, numa estrada deserta. Contou que tinha sido enfeitiçado e que estava perdido: o feitiço só se quebraria com a morte do feiticeiro, e o feiticeiro era um gigante que ninguém matava.

No dia seguinte, o moço, que andava em busca de suas três irmãs, despediu-se e foi embora.

Antes, o príncipe, rei dos pássaros, ensinou-lhe o caminho que ia dar no castelo da irmã mais moça.

O moço seguiu viagem. O caminho acabava na beira do mar. O rapaz olhou e olhou. Ali não havia castelo nenhum. Procurou a barbatana dentro da sacola e apertou-a entre os dedos. Uma cabeça saiu fora d'água. Era um peixe dourado:

— Quem é você?

— Sou um viajante.

— Que você quer?

— Quero ver minha irmã.

O peixe dourado mandou o moço agarrar em suas costas e mergulhou. Cruzaram cardumes de peixes coloridos, um caranguejo gigante e alegres estrelas-do-mar. Entraram, depois, numa gruta escura e foram dar num castelo escondido entre algas marinhas. O castelo era guardado por peixes de todo tipo, mas com a barbatana na mão o rapaz entrou e tanto fez, tanto fuçou que acabou encontrando sua terceira irmã. A moça levou um susto. Depois, chorou de alegria.

A moça estava casada com o rei dos peixes. Ele era um príncipe encantado no corpo de um peixe vermelho.

Quando um ronco surdo estremeceu as muralhas do castelo, o rapaz se enfiou num armário.

Um peixe vermelho entrou no quarto, tomou um banho morno e transformou-se num príncipe.

Tudo se repetiu.

O príncipe contou que tinha sido enfeitiçado e que o feiticeiro era um gigante que ninguém matava.

No dia seguinte, o rapaz despediu-se e foi embora.

Antes perguntou ao príncipe, rei dos peixes, onde ficava a casa do tal gigante. O príncipe avisou que era perigoso. O rapaz insistiu. A casa era longe. Depois de sete montanhas. Passando por sete florestas. Dentro de uma gruta. No reino de Acelóis.

— Reino de quê? — perguntou o viajante.

— De Acelóis.

O peixe dourado levou o moço de volta para a praia.

Lá, ele abriu a sacola, pegou a pena de duas cores e fez aparecer o gavião. Contou que precisava ir até o reino de Acelóis. O gavião mandou que ele se agarrasse em suas costas e levantou voo.

Foi uma viagem e tanto.

Cruzaram noites vazias, estrelas cadentes, ventanias e tempestades. Chegaram ao reino de Acelóis no começo da madrugada.

O rapaz despediu-se do gavião e saiu andando. Tanto fez, tanto andou, tanto fuçou que acabou achando a gruta. Foi quando escutou um choro. Choro de mulher.

Encontrou uma moça muito bonita, sozinha, desamparada, sentada numa pedra. A moça parecia desesperada.

O moço perguntou a razão daquele choro. A moça explicou que não aguentava mais. Que era prisioneira de um gigante. Que o monstro queria casar com ela à força. Disse também que o gigante não morria porque tinha a vida muito bem guardada.

O rapaz então teve uma ideia.

Que ela não contrariasse o monstro. Que o agradasse quando ele voltasse. Que, com jeito, com artimanha, com capricho, perguntasse onde afinal, em que lugar, ele escondia a própria vida...

O moço e a moça, desse modo, bolaram um plano.

Mais tarde o gigante chegou. Era horrível. A moça sorriu. Passou a mão em sua cabeça. Perguntou admirada como ele conseguia ser assim tão poderoso, tão forte que nem morrer não morria.

Desconfiado, o monstro fez uma careta. Arreganhou a dentuça amarelada.

Depois piscou um olho:

— É fácil! Não morro nunca porque minha vida está escondida ali, na raiz daquele pé de árvore!

A moça percebeu que era tudo mentira. Mesmo assim, quando ficou sozinha, pegou um balde d'água e foi regar a árvore. Depois, enfeitou os galhos. Tirou os garranchos. Varreu as folhas ao redor do tronco.

Escondido, o gigante assistiu àquele agrado e ficou cheio de importância. Achou que era o tal. Estufou o peito e chamou a moça:

— Ontem eu disse que minha vida estava naquele pé de árvore, mas era brincadeira. Minha vida mesmo está dentro de uma pombinha numa caixa, a caixa dentro de outra caixa que está dentro de outra caixa, longe, longe, longe, no fundo do mar!

Assim que pôde, a moça foi correndo contar tudo o que sabia. O moço sorriu. Abrindo a sacola, agarrou a pena e chamou a gavião, que o levou até a praia. Lá, com a barbatana na mão, convocou o rei dos peixes. Era urgente. Queria uma caixa escondida nas entranhas do mar. O rei ordenou aos peixes que saíssem vasculhando os sete mares. A caixa logo apareceu nas costas de um tubarão. Era uma caixa de ferro grosso. O rapaz não conseguia abri-la de jeito nenhum. Agarrou o fio da juba do leão, e, num instante, o rei dos animais apareceu e arrebentou a caixa com duas patadas. Na caixa havia uma caixa. E, dentro, outra caixa, pequena e vermelha. Quando o moço foi abrir, saltou uma pombinha branca, que tentou fugir, mas não conseguiu.

O rapaz segurou a pomba com firmeza.

A pomba botou um ovo em sua mão.

O moço pegou o ovo, encheu o peito e foi para a casa do gigante.

Encontrou a porta da casa entreaberta.

Lá dentro, tudo estava escuro.

Caído na cama, o monstro gemia, fraco, tonto e abatido.

O moço gritou com o punho fechado: "Desgraçado!".

O gigante arreganhou os dentes.

O rapaz foi e quebrou o ovo na testa do monstro.

Um estrondo espantoso cresceu no ar.

Uma fumaça de enxofre tomou conta de tudo.

As paredes da gruta começaram a despencar.

Foguetes espocavam.

Morcegos fugiam feito loucos.

Cobras, aranhas e escorpiões pulavam no chão e viravam pó.

O gigante esticou as canelas e morreu.

A gruta virou um palácio com quatro torres.

Os feitiços desencantaram para sempre.

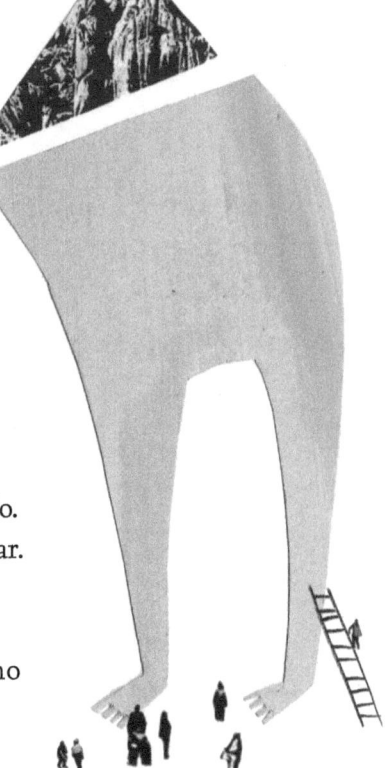

O moço?

O moço deu uma festa. Mandou chamar seu pai e sua mãe, que vieram de longe cheios de alegria e de saudade. Mandou chamar suas irmãs, seus cunhados e seus melhores amigos. Acabou namorando a moça bonita que antes vivia chorando sentada na pedra, depois se casou com ela e teve três filhas e um filho.

o menino dos pássaros

Era uma vez um rei jovem e muito poderoso. Morava com sua esposa, a rainha, num castelo de pedra construído no alto de um despenhadeiro.

Um belo dia, a rainha ficou grávida e, para a alegria do rei, dos nobres e do povo, nove meses depois veio ao mundo uma linda criança. Era um menino.

O príncipe foi crescendo, crescendo, crescendo.

Virou um jovem bonito, forte e muito bem-educado. Mas tinha uma mania: gostava muito de passarinhos. Mas gostava mesmo!

Desde pequeno, era só ver um passarinho que o rosto do menino se iluminava e seus olhos pareciam que ficavam maiores e mais felizes.

Com o passar do tempo, o príncipe já conhecia todas as espécies de pássaros e até conseguia imitar seus diferentes cantos.

O rapaz nunca quis saber de estilingues, armadilhas e gaiolas. Só queria saber da passarinhada. Dizia que os pássaros serviam para enfeitar a vida, as árvores, os jardins e o azul do céu.

Certa vez, numa conversa com a rainha e um velho conselheiro real, o rei comentou:

— Não entendo o meu filho. Ele só pensa em pássaros. Não vejo ele se interessando por festas, nem por viagens, nem por armas, nem por esportes, nem por negócios. O príncipe só quer saber de cuidar de passarinhos!

Foi quando o velho conselheiro disse:

— Ouça o que eu digo. Vossa Majestade deve deixar o rapaz cumprir o seu destino. Não atrapalhe nem crie obstáculos. Não importa que os desejos dele sejam incompreensíveis. Os jovens são assim mesmo. Deixe o príncipe livre para ser o que ele é. Cedo ou tarde ele vai encontrar seu caminho.

No dia seguinte, o príncipe procurou o pai. Tinha uma proposta.

Pediu ao rei que mandasse construir uma casa para os passarinhos. Mas não uma simples gaiola. Queria uma casa grande, uma espécie de viveiro imenso feito de tijolo, com telhado e as paredes cheias de buracos, para que os bichos pudessem entrar e sair quando e como quisessem.

O rei coçou a cabeça:

— Mas, filho, pra quê? Isso vai custar caro!

O príncipe insistiu, disse que precisava daquela casa.

— Mas isso é besteira, filho!

— Por favor, pai!

— Gastar um dinheirão a troco de nada?

No meio da conversa, chegou o conselheiro real e aconselhou:

— Creio que o senhor devia ouvir o desejo de seu filho.

E foram tantas palavras e tantos argumentos que o rei, a contragosto, acabou cedendo.

A casa de passarinhos foi construída num bosque, perto do castelo.

Desde então, o príncipe praticamente se mudou para lá.

Passava o dia inteiro dentro da casa. Conversava com os passarinhos. Arranjava alimento e água. Cuidava dos que ficavam doentes e, todos os dias, cantava junto com eles.

Como eram milhares, faziam muito barulho, e aquilo começou a incomodar seus pais.

— Estou ficando cansada dessa barulheira todo o dia! — reclamava a rainha.

— Tem cabimento ficar enfiado numa espécie de gaiola conversando com passarinho?! — perguntava o rei.

Mas o conselheiro não se cansava de repetir:

— Vossa Majestade deve deixar o rapaz cumprir o seu destino. Não atrapalhe nem crie obstáculos. Não importa que os desejos dele sejam incompreensíveis. Os jovens são assim mesmo. Deixe o príncipe livre para ser o que ele é. Cedo ou tarde ele vai encontrar seu caminho.

Mas a zoada da passarinhada foi forte demais. Um dia o rei não aguentou e teve uma ideia.

Mandou seu filho levar uma encomenda para um tio que morava no reino vizinho. Eram três dias e três noites de viagem.

O príncipe obedeceu às ordens do pai.

Assim que o rapaz virou as costas, o rei ordenou que expulsassem a passarada da casa construída no bosque. Depois, mandou tapar todos os buracos com cimento e pedra.

— Quero aquele lugar vazio. Nada de passarinho entrando e saindo. Chega de cantoria de pássaro berrando o dia inteiro!

Quando voltou e descobriu a casa vazia e toda tapada, o príncipe chorou.

O rei e a rainha espiavam a cena do alto da janela do castelo e ficaram espantados.

De repente, o céu ficou escuro. Surgiram milhares e milhares de pássaros de todos os tipos, tamanhos e cores. A passarinhada veio e pousou em volta do príncipe. E o rapaz conversou com cada pássaro, agachou-se para examinar um e outro, balançava a cabeça e gesticulava muito. Parecia até que estavam combinando alguma coisa!

Naquela noite, o filho procurou os pais e anunciou que ia partir.

— Partir? Partir pra onde? — perguntou o rei.

— Preciso conhecer a vida e o mundo e para isso vou viver com meus amigos pássaros.

O rei ficou furioso. A rainha chorou. Os dois pediram ao filho que pensasse melhor. Não teve jeito. No dia seguinte, logo cedo, o príncipe foi embora.

Conta-se que foi impressionante ver a figura do rapaz afastando-se pela estrada com uma nuvem de pássaros rodeando sua cabeça.

Rei e rainha, muito tristes, mandaram chamar o velho conselheiro. Queriam ouvir sua opinião.

— Com todo o respeito — disse ele —, foi uma pena Vossa Majestade não ter escutado meus conselhos. Agora será preciso muita paciência. Infelizmente o príncipe vai se transformar num pássaro.

Rei e rainha ficaram desesperados.

— É preciso dar tempo ao tempo — concluiu o velho conselheiro. — Garanto que o príncipe ainda vai desencantar e voltar a ser gente. Isso pode demorar, mas vai acontecer. E quem vai fazer seu filho voltar a ser uma pessoa será uma mulher.

— Que mulher? — quis saber a rainha.

— Isso ninguém sabe — respondeu o conselheiro.

Dito e feito. Naquele mesmo dia, o príncipe se transformou num pássaro e, feliz da vida, saiu voando pelo mundo afora.

Era um pássaro grande, forte e colorido. Tinha o bico todo dourado.

O tempo passou.

Perto do castelo real, corria um rio, e na beira do rio morava uma lavadeira.

Um dia, como sempre, a mulher lavava a roupa ajoelhada no barranco do rio. Perto, sua filha de 10 anos brincava de casinha.

De repente, o Sol ficou escuro. No céu surgiram milhares e milhares de pássaros de todos os tipos, tamanhos e cores.

A lavadeira tomou um susto. Quis fugir com a filha para casa, mas não houve tempo para nada.

Do meio da passarinhada apareceu um pássaro enorme, colorido e de bico dourado.

A ave deu um voo rasante, cercou e agarrou a menina.

— Pássaro, por favor, não leva embora minha filhinha, não!

E a mulher gritou. E a mulher chorou. E a mulher rezou desesperada.

O pássaro não quis saber de nada. Sumiu no ar com a menina presa em suas garras.

E a ave voou, voou, voou. E a menina gritou, gritou, gritou.

No fim, o pássaro de bico dourado pousou numa árvore.

Nunca ninguém tinha visto uma árvore tão grande.

— Jamais saia daqui — pediu ele à menina. — Nesta árvore você estará protegida, e sua vida vai ser muito boa. Eu e todos os passarinhos vamos cuidar de você. Não tenha medo. No fim, vai dar tudo certo!

No começo, a menina chorou muito de saudade da mãe, mas com o tempo acabou se acostumando.

No alto daquela árvore tinha de tudo. Um quarto muito bonito para a menina morar. Comida boa. Livros para ela estudar. E muitos brinquedos para brincar.

— Quando você ficar moça — explicou o pássaro —, eu levo você para morar na casa dos meus pais.

Com o tempo, a menina e o pássaro de bico todo dourado acabaram se conhecendo melhor e ficaram muito amigos. No dia em que a moça completou 15 anos, o pássaro veio e contou sua história.

— Sou filho de um rei e de uma rainha e fiquei encantado em pássaro. Eu mesmo me encantei. Eu mesmo quis virar pássaro. Graças a isso pude voar e conhecer o mundo inteiro. Agora quero voltar a ser gente. Você pode me ajudar?

A menina disse que sim. O pássaro então explicou tudo direitinho.

Primeiro levaria a moça até sua casa, o castelo de pedra no alto do despenhadeiro.

Segundo, chegando lá, a moça devia pedir um emprego.

Terceiro, era preciso que a moça fizesse amizade com o rei e a rainha.

Quarto, que esperasse até um dia escutar um pio assim:

Pirilepiaupiau Pirilepiaupiau Pirilepiaupiau

Era ele. Assim que escutasse aquele canto, a moça devia procurar o rei e a rainha e pedir a eles que preparassem uma festa especial, uma festa para os ricos e para os pobres, cheia de comida, dança, música e muita alegria.

Tinha que ser a maior festa já vista no reino.

Se o rei e a rainha quisessem saber o motivo da festa, a moça apenas tinha que dizer que não sabia.

A filha da lavadeira coçou a cabeça e concordou com tudo. No dia seguinte o pássaro levou-a até a casa de seus pais.

E assim foi.

A moça arranjou emprego no castelo e logo fez amizade com o rei e a rainha.

O casal real vivia muito triste, sentia falta do filho que havia sumido e, de pouco em pouco, passou a tratar a moça como uma verdadeira filha.

Um dia, a filha da lavadeira perguntou à rainha o motivo daquela tristeza.

— Eu tinha um lindo filho — respondeu ela, chorando. — Um dia, por culpa minha, ele saiu de casa, foi embora e preferiu se transformar num pássaro.

A moça sorriu e disse:

— Não se preocupe que um dia ele volta.

Tempos depois, a filha da lavadeira já estava deitada quando escutou um pio ao longe:

Pirilepiaupiau Pirilepiaupiau Pirilepiaupiau

Dando um pulo da cama, a moça foi correndo procurar o rei e a rainha. Pediu a eles que preparassem uma festa especial, uma festa para os ricos e para os pobres, cheia de comida, dança, música e muita alegria. Tinha que ser a maior festa já vista no reino.

No começo, o rei estranhou:

— Mas festa para comemorar o quê?

A moça não sabia, mas continuou insistindo.

— Mas, filha — disse o rei —, isso vai custar caro!

A moça chorou. A moça pediu. A moça implorou.

O rei e a rainha agora gostavam daquela menina como se fosse filha.

De repente, o rei se lembrou dos pedidos do filho, da casa de passarinhos e tudo o que aconteceu depois. Mesmo confuso e sem compreender nada, aceitou o pedido da moça. Em seguida, mandou organizar a festa.

Três dias depois, o castelo estava lotado de gente. Os sinos tocavam. As bandeirolas balançavam contra o vento. A comida e a bebida eram fartas. A música era muito boa. Ricos e pobres comiam, cantavam e dançavam.

Ninguém entendia bem o porquê.

De repente o Sol ficou escuro. No céu surgiram milhares, milhares e milhares de pássaros de todos os tipos, tamanhos e cores.

As pessoas ficaram assustadas. A festa parou.

Do meio da passarinhada, surgiu um pássaro grande, forte e colorido. Tinha o bico todo dourado.

O animal veio voando e pousou suavemente ao lado da moça.

Para espanto do rei, da rainha, dos nobres e do povo, o pássaro estremeceu e transformou-se no príncipe que anos antes tinha partido cercado de pássaros.

Foi um dia de grande felicidade. Pai, mãe e filho choravam de saudade e emoção. A festa pegou fogo de tanta alegria, mas isso não foi nada.

Três dias depois houve outra festa, ainda maior e mais bonita, para comemorar o casamento do príncipe com a filha da lavadeira.

Naturalmente a mãe da moça foi convidada de honra.

Dizem que os noivos foram muito felizes.

a afilhada da dona do vestido preto

Era uma vez um casal que vivia numa casinha pequena lá pras bandas do matagal. O casal tinha seis filhos, todos meninos, e era muito pobre. A luta era grande para manter aquela filharada toda. É que, na verdade, tudo naquela casa virava seis. Seis camas para dormir. Seis bocas para alimentar. Seis roupas para costurar.

Mas o casal era feliz e ia tocando a vida.

Os filhos já estavam crescidos quando, um dia, a mulher procurou o marido e anunciou:

— Vou ter mais uma criança. E agora vai ser menina.

Os dois se abraçaram diante daquela notícia inesperada. Foi um abraço cheio de alegria e ao mesmo tempo cheio de preocupação. Os meninos já estavam ficando grandes. Outra criança pequena? Sete camas para dormir? Sete bocas para alimentar? Sete roupas para costurar?

— Como sabe que dessa vez é menina? — quis saber o marido.

A esposa colocou as duas mãos na barriga e sorriu:

— Eu sinto. Eu sei!

Passaram-se os meses e a criança nasceu. Era menina mesmo. Uma graça de menina. Linda!

Sentado na sala, o marido ficou olhando e pensando enquanto sua mulher dava de mamar à filha recém-nascida.

Os pensamentos giravam feito um rodamoinho em sua cabeça. É que seus outros seis filhos tinham padrinho.

"Para gente rica tanto faz se o filho tem ou não tem padrinho, mas quando a gente é pobre o padrinho é muito importante", pensava ele. "E se acontecer alguma coisa comigo? E se eu não puder trabalhar? E se eu pegar uma doença? E se eu morrer? Quem vai ajudar a criar a menina?"

Quando deu uma semana, o marido chamou a mulher e avisou:

— Vou sair por aí pra ver se arranjo alguém que aceite ser padrinho de nossa filha.

Disse isso, enfiou um chapéu na cabeça e partiu.

E toca a andar pelas estradas. E toca a ir de casa em casa para contar a novidade. E toca a pedir:

— Aceita ser padrinho de minha filhinha caçula que acabou de nascer?

Infelizmente ninguém queria saber de apadrinhar a criança.

— Já sou padrinho do seu mais velho!

— A gente está muito apertado.

— Dessa vez não tenho como.

— Não posso assumir esse compromisso...

No fim daquele dia, sem ter conseguido coisa nenhuma, o homem sentou numa encruzilhada e começou a chorar.

Era choro de preocupação pela filha, pelos filhos, pela mulher, pelo futuro.

Foi quando escutou passos na estrada.

Era uma mulher. Veio chegando devagar. Mulher de jeito importante. Andar firme. Pose de dama. Era alta, pálida, usava cabelo preso e vestia um vestido preto.

Além disso, a mulher tinha dois olhos penetrantes e frios. Olhos duros feito pedra.

— Chorando por quê? — quis saber a dona do vestido preto. — Um baita homem desse tamanhão? Que foi isso? Que tristeza é essa?

Até hoje ninguém sabe direito o motivo, mas o pai da menina, sem mais nem menos, abriu seu coração. Contou à tal mulher suas piores preocupações. Disse que era pobre. Que quase não tinha dinheiro. Que quase não dava conta de cuidar de seis meninos. Quanto mais da menina que tinha acabado de chegar!

A mulher alta do vestido preto chegou mais perto dele e disse:

— Posso ser madrinha de sua filha.

O homem se espantou:

— A senhora? Mas a senhora nem me conhece! A senhora é mulher rica! A senhora é uma dama! Vai querer ser madrinha de uma menina pobre, filha de gente da roça?

— Por que não?

Primeiro a mulher sorriu. Depois disse com voz baixa:

— Sou poderosa. Se for preciso, prometo cuidar bem dessa menina.

A dama de preto abriu a bolsa.

— Pega esse dinheiro, compre um bom enxoval para a criança e vá arranjar o batismo da minha afilhada.

Sem saber o que dizer, o homem tirou o chapéu e agradeceu.

— Deus lhe pague, dona.

Um mulherão rico daqueles querer ser madrinha de menina pobre!

O pai da criança voltou para casa espantado. Uma madrinha rica para sua filha! A dona era esquisita? Era. Mas e aquele dinheiro todo?

— A menina está feita!

Mal entrou em casa e já foi contando a novidade para a mulher.

Com a recém-nascida no colo, a mulher escutou tudo em silêncio.

— Preferia que fosse outra pessoa — disse ela, com ar desconfiado.

— Mas a dona é rica!

— Não sei não!

— Mas a dona é poderosa!

Passou o tempo e o batizado foi marcado. Quando o homem chegou à igreja com a mulher e a criança, a dona do vestido preto estava na porta esperando.

Os olhos frios da madrinha cruzaram com os olhos preocupados da mãe.

Terminada a cerimônia, a dona rica se despediu e desejou boa sorte à criança e a sua família. E avisou:

— Uma hora dessas vou até sua casa para ver como vai a minha afilhada.

Assim que a dama do vestido preto virou as costas, a mulher disse baixinho ao marido:

— Preferia que fosse outra pessoa.

Foram sete meses justinhos.

Um dia, bateram na porta da casa do homem.

— Ô de casa!

Era ela. A mulher de pose importante. A dona do vestido preto.

Os olhos desconfiados da mãe cruzaram com os olhos frios da mulher.

Olhos de lâmina. Olhos de pedra. Olhar de dar medo.

— Entra, dona, fazendo o favor — disse a mulher com a menina no colo.

Depois de um tempo, a dona rica se despediu e foi embora.

No outro dia, a mãe da recém-nascida acordou com tosse. Seu corpo inteiro doendo. E a tosse foi ficando cada vez mais feia. E surgiram manchas pelo corpo. E naquela noite veio um febrão.

Em uma semana a coitada infelizmente estava morta.

Depois do enterro, o viúvo voltou para casa com os seis filhos e a filha no colo. Desarvorado, o homem chorava. Os meninos choravam. A menina também.

Bateram na porta.

— Ô de casa!

Era a dona de vestido preto.

Ninguém sabe como, ela tinha sabido da morte da pobre mulher.

Disse que tinha vindo buscar a menina.

— Sou a madrinha!

O pai ficou confuso. Não sabia nem o que pensar, nem o que fazer, nem o que dizer. Olhou seus seis filhos. Olhou a menina no colo da dona rica.

Baixou a cabeça. Disse que sim.

O que ele não sabia é que a tal mulher alta, pálida, cabelo preso, que usava um vestido preto, era a Morte.

E a Morte foi embora carregando a afilhada no colo.

Por dentro ela estava bem. Por dentro ela ia orgulhosa.

Nunca na vida tinha sido madrinha de ninguém.

Nunca tinha tido a chance de cuidar da vida de alguém.

A Morte estava acostumada a ser odiada, xingada e amaldiçoada.

As pessoas fugiam da Morte.

As pessoas soluçavam, choravam e sofriam por causa dela.

A Morte cuidar de alguém? Cuidar como, se ela era o contrário da mãe?

A mãe dá à luz, a Morte vem e tira!

A dona do vestido preto sabia que aquela menina tinha saúde e muita vida pela frente.

Agora quem ia criar e proteger aquela criança era ela.

— Essa menina vai ser que nem minha filha! Minha filha querida! A filha que nunca tive nem jamais terei!

E assim foi. A mulher de preto passou a viver com a criança num casarão imenso enterrado no fundo de um lugar que ninguém conhece nem quer conhecer. Naquele lugar quem ia nunca mais voltava.

A menina cresceu naquele fim de mundo.

Todos os dias, a madrinha saía com seu vestido escuro e voltava tarde.

A menina perguntava:

— Madrinha, você vai aonde? Madrinha, você faz o quê?

A dama do vestido preto balançava a cabeça e sorria sem dizer nada.

— Um dia eu te conto!

Mas sempre avisava:

— Menina, presta bem atenção! Tudo aqui é seu. Você pode brincar, você pode passear, você pode fazer o que quiser.

E colocava seus olhos de pedra na menina.

— Só tem um porém. Não quero que entre naquele quarto fechado no fundo do corredor. Está ouvindo? Promete que jamais vai entrar lá dentro?

A menina prometia.

— Jure!

A menina jurava.

Anos se passaram. A menina virou moça.

Todos os dias, a dama vestia seu vestido preto e saía para fazer o seu serviço.

Todos os dias, a moça dava uma espiada naquela porta trancada no final do corredor.

Um dia, deu uma vontade danada de entrar naquele quarto.

Sabia onde sua madrinha escondia a chave.

Era curiosidade à toa de gente jovem. Era coisa sem juízo. Era só brincadeira.

"E daí?", pensou ela balançando os ombros. "Que é que tem? Vai ser só uma olhadinha de nada!"

Pegou a chave, foi, foi, foi e abriu a porta.

Ah, meu Deus do céu! Que lástima! Que tormento! Que desgraceira!

Parecia até que o mundo inteiro de repente tinha virado de cabeça para baixo!

E a moça viu gente gritando. E a moça viu gente queimando no fogo. E a moça viu gente morta falando e andando. E a moça sentiu um cheiro escuro, um cheiro traiçoeiro, um cheiro de morte. E a terra foi rachando e rangendo e quebrando debaixo de seus pés.

Só no espanto e no susto, a moça deu um jeito, pulou de lado, recuou e fugiu dali apavorada.

Foi quando entendeu tudo. Descobriu naquele dia que sua madrinha e a Morte eram a mesma pessoa.

E foi tanto medo, tanta loucura, tanto desespero que a moça resolveu fugir de casa, saiu correndo pela estrada, acabou tropeçando, caiu e bateu com a cabeça no chão.

Ficou lá desmaiada, sozinha, deitada no meio da estrada.

Mas não é que pela estrada vinha passando um moço a cavalo?

Quando viu a jovem desmaiada no chão, o rapaz saltou do cavalo e foi correndo ajudar. Segurou a moça pelo ombro e sacudiu:

— Moça, o que houve? Moça, fala comigo!

A afilhada da morte parecia morta.

O rapaz então pegou a moça no colo com cuidado, montou no cavalo e partiu a galope.

Por sorte, era filho do dono daquelas terras e a casa de seu pai ficava ali perto.

O moço chegou na fazenda apavorado, com a moça no colo.

— Mãe! Pai! Olha aqui! A gente precisa fazer alguma coisa.

O fazendeiro mandou chamar um médico.

Colocaram a moça num quarto e cuidaram dela.

Em pouco tempo, a moça já estava boa.

E como aquela moça era linda! E como era bem-educada! E como era gentil!

Na fazenda, todos ficaram encantados com aquela jovem.

O filho do fazendeiro, então, nem se fala.

Com o tempo, os dois começaram a namorar e logo, logo se casaram.

Foi uma festança linda, o tempo passou, a moça engravidou e meses depois nasceu um menino.

O casal mandou construir uma casa perto da sede da fazenda.

Um dia bateram na porta.

— Ô de casa!

A moça foi abrir com o filhinho no colo.

Era a dona do vestido preto. Era a Morte, e a Morte chegou furiosa:

— Você mentiu! Você me traiu! Eu fiz tudo por você! Você nunca podia ter entrado naquele quarto!

Assustada, a moça recuou tentando se desculpar:

— Foi sem querer!

A Morte não quis saber de conversa.

— Agora você me paga! Agora você vai ter o que merece! Ingrata! Vim até aqui para levar seu filho!

Ao ouvir isso, a moça ficou desesperada, gritou, lutou, tentou fugir, mas não teve jeito.

A Morte agarrou a criança e desapareceu no ar.

Desde aquele dia, a afilhada da dama do vestido preto, ficou muda e nunca mais conseguiu dizer uma palavra.

Quando o marido voltou para casa, encontrou a esposa sentada na sala com os olhos parados. O moço perguntou do filho.

Sua mulher só conseguiu gesticular e chorar, chorar e chorar.

Veio o fazendeiro, veio a mulher do fazendeiro. Mandaram os empregados correr a fazenda de ponta a ponta. Nada. A criança tinha desaparecido mesmo.

No começo o marido ficou bravo, mas, ao mesmo tempo, teve pena da mulher. Alguma coisa muito grave havia acontecido. Uma mãe perder o filho assim sem mais nem menos e ainda ficar sem voz!

Passou o tempo. A moça triste que não conseguia falar ficou grávida de novo e logo nasceu a criança. Outro menino. Que alegria!

Um dia bateram na porta.

— Ô de casa!

A moça com o filhinho no colo foi abrir e deu com a dona do vestido preto.

— Você não presta! Você mentiu! Eu dei a você tudo o que eu tinha! Mal-agradecida! Agora eu vim para levar seu outro filho!

Desarvorada, sem voz para chamar por socorro e sem forças para mais nada, a moça caiu no chão, desfalecida.

A Morte desapareceu no ar com o menino no colo.

Quando o filho do fazendeiro voltou para casa e viu a mulher caída no chão, primeiro tomou um susto. Mas, depois que ela voltou a si, percebeu que seu segundo filho também havia desaparecido. Dessa vez o moço não aguentou e começou a gritar com a mulher:

— Cadê meu filho?

E agarrou a esposa pelo pescoço:

— Outra vez, não! A culpa é sua! A culpa só pode ser sua! Você não cuida direito de nossos filhos! Você não presta!

Veio o fazendeiro com a esposa. Todos estavam revoltados.

— Assassina!

A pobre moça não conseguia falar.

— Você matou meus dois netos!

A pobre moça não conseguia se defender.

A pobre moça só conseguia chorar e gesticular e chorar com os olhos arregalados.

— Desgraçada!

— Assassina!

— Mãe desnaturada!

O fazendeiro disse:

— Isso não fica assim!

Mandou seus empregados trazerem uma corda para enforcar a moça.

Vieram seus homens, agarraram a moça, colocaram a corda em volta do seu pescoço e jogaram a corda no tronco de uma árvore.

Estava tudo pronto para o enforcamento. De repente, surgiu um vulto na estrada. Era uma mulher. Veio chegando devagar. Mulher de jeito importante. Andar firme. Pose de dama. Era alta, pálida, usava cabelo preso e vestia um vestido preto.

A mulher vinha com uma criança no colo e com outra, um pouco maior, segura pela mão.

— Mas como? — gritou o filho do fazendeiro. — São eles! São os meus filhos!

Ninguém entendia mais nada.

Os empregados da fazenda olhavam uns para os outros.

As crianças tidas como mortas estavam vivas, lindas, coradas e muito bem tratadas.

O fazendeiro tirou o chapéu e limpou o suor.

A dama do vestido preto aproximou-se da moça com a corda no pescoço.

As duas ficaram paradas uma na frente da outra.

A moça agachou e agarrou e abraçou e beijou os filhos. Depois ficou em pé com o menor no colo e disse:

— Me perdoa!

O espanto foi geral: a moça que não falava voltou a falar!

A dona do vestido preto examinou a moça.

As lágrimas escorriam de seus olhos de pedra.

Em seguida, olhou para todos, um por um, sorriu, virou-se e desapareceu no espaço infinito.

O povo conta que, desde aquele dia, a mãe das crianças voltou a falar e que ela mais o filho do fazendeiro foram muito felizes e ainda tiveram mais três filhos.

O tempo passou, a filharada cresceu e a moça ficou viúva.

Dizem que, com o tempo, os filhos da moça envelheceram e morreram, mas ela, a afilhada da dona do vestido preto, continuou viva e cada vez mais bela, mais firme e luminosa.

o cavalo prateado e a esposa do comerciante*

AQUELA VILA FICAVA longe daqui, atrás de uns morros, depois da curva do rio, cruzando o matagal indo por uma estrada estreita de terra.

O homem mais rico e poderoso do lugar era um jovem fazendeiro. O sujeito tinha uma fazenda com gado de corte e gado de leite, além de muitas plantações. Toda a produção de suas terras ou ele negociava e vendia em outras cidades ou ia para sua loja no centro da vila.

Além de terras e dinheiro, o jovem fazendeiro possuía ainda outra riqueza: sua esposa. Para muitos, ela era a moça mais linda da vila e de toda a região. Ocorre que, infelizmente, o fazendeiro vivia ocupado com outros assuntos, altos negócios, longas viagens, lucros e investimentos. Dessa forma, nunca tinha tempo para estar com sua mulher. Nunca tinha tempo para conversar um pouco com ela. Nunca tinha tempo para nada além de negócios e mais negócios.

O povo da cidade dizia que o fazendeiro não ligava nem um pouco para sua jovem e bela esposa. E isso era a mais pura verdade.

Na mesma vila, morava um marceneiro.

Era jovem e muito trabalhador. Sabia criar, construir e consertar tudo quanto é tipo de móvel de madeira. O rapaz morava numa casa perto da praça onde ficava o casarão do fazendeiro.

Apesar de jovem e pobre, o marceneiro tinha três coisas de muito valor.

A primeira era seu trabalho com madeira, do qual tinha muito orgulho.

A segunda era o cavalo que seu pai tinha dado a ele antes de morrer. Era sem dúvida o cavalo mais bonito da vila. Além de forte, musculoso, alto e elegante, o animal sabia marchar com passo firme, de cabeça erguida, e, ainda, tinha uma pelagem cinza brilhante que,

---

* Escrevi esta versão com base em uma história narrada pelo grande contador canadense Dan Yashinsky. (N. do A.)

dependendo de como batia a luz do Sol, parecia de prata. Por essa razão, era conhecido na vila como Cavalo Prateado.

A terceira coisa mais valiosa do jovem marceneiro era secreta, e dela quem sabia era só ele e mais ninguém. É que o rapaz nutria um caloroso, doce, verdadeiro e profundo amor pela jovem esposa do fazendeiro.

Certo dia, mensageiros chegaram à vila com uma carta.

Era urgente. Um convite para o fazendeiro. Um convite do governador!

Haveria um grande encontro na capital reunindo os homens de negócio mais importantes da região. Durante o evento, ele, o jovem fazendeiro, seria nomeado representante do governo para assuntos de terras, fazendas e agricultura.

O rapaz vibrou de surpresa e alegria.

Um convite para ser representante do governo!

E logo mandou convidar os fazendeiros da vizinhança para um encontro em sua casa, onde anunciaria aquela ótima notícia. Ter um representante no governo significava mais riqueza e poder para todos os proprietários de terras e negócios da região.

A emoção foi tamanha que, naquela noite, o jovem fazendeiro nem conseguiu dormir direito. Ficou rolando e enrolando na cama imaginando ele mesmo sendo admirado por todos e, melhor ainda, sentado com toda a pompa ao lado do governador. E fez um plano: comprar o famoso Cavalo Prateado.

O jovem fazendeiro sonhou com a seguinte cena: ele entrando na capital montado naquele belíssimo animal e todo mundo, inclusive o próprio governador, de queixo caído diante de tanta classe, distinção e elegância.

No dia seguinte, mal o Sol jogou seus raios brilhantes sobre a paisagem e já tinha alguém batendo na porta da casa do marceneiro.

Era o capataz do fazendeiro. Vinha com um recado urgente. Seu patrão queria porque queria comprar o Cavalo Prateado.

— O fazendeiro paga o dinheiro que for, moço! Meu patrão paga o que você pedir!

O jovem marceneiro examinou o empregado da fazenda, pensou um pouco e respondeu:

— Diga ao fazendeiro que não vendo. Dou a ele o Cavalo Prateado de presente, mas com uma condição. Gostaria de poder conversar durante meia hora com sua esposa.

O capataz ficou surpreso:

— Como assim?

O marceneiro explicou que não era nada importante. Que o fazendeiro, se quisesse, poderia estar presente. Queria ter apenas uma conversa com a moça. Era só meia hora. Nada demais.

O empregado correu para dar a notícia ao patrão.

O jovem fazendeiro era um homem inteligente e muito prático.

— Pera aí! Ele disse que me dá o cavalo? Assim, de graça? Ele disse que não vou ter que pagar nada pelo Cavalo Prateado? Tem certeza?

O empregado confirmou, mas repetiu o recado do marceneiro.

— Mas ele falou que só dá o bicho se puder conversar com sua esposa por meia hora.

O jovem fazendeiro sorriu com indiferença:

— Qual o problema? Ele não disse que eu posso estar junto?

Naquele mesmo dia, o fazendeiro mandou chamar a esposa e explicou a ela a situação.

A moça ficou espantada:

— Conversar comigo? Conversar o quê? Quem é ele? O que ele quer? Nem conheço esse moço!

O marido tinha pressa. O tempo era curto. Ainda precisava mandar fazer um arreio todo vermelho para colocar no Cavalo Prateado. E também um par de botas da mesma cor para combinar.

Marcou para logo o dia da entrega do cavalo e da conversa e mandou avisar o marceneiro. Mas fez um pedido à esposa:

— Pode deixar o sujeito falar o que quiser. Pra mim tanto faz. Mas preste atenção: proíbo você de responder ou dizer a ele qualquer palavra!

A contragosto, a esposa do fazendeiro concordou.

Trato feito, tudo acertado, no dia seguinte o marceneiro chegou na hora combinada montado no Cavalo Prateado.

Era fim de tarde.

— Que beleza esse seu bicho! — disse o fazendeiro, admirado, esfregando as mãos de contentamento e andando em volta do cavalo.

Por dentro ele pensava: "Um cavalão desses de graça!".

Em seguida, pediu ao marceneiro que o acompanhasse, seguiu pela varanda, abriu a porta, e os dois entraram em casa.

No meio da sala, havia uma poltrona e duas cadeiras.

Na poltrona, já estava sentada a esposa do fazendeiro.

O marceneiro sentou-se na cadeira em frente a ela.

O marido sentou-se na cadeira colocada num canto afastado. Mas não muito.

A moça examinou o marceneiro com curiosidade.

O rapaz parecia um pouco nervoso.

Contou que uma vez, por acaso, depois de um dia duro de trabalho, estava sentado num banco da praça descansando quando viu a esposa do fazendeiro passar. Ele nunca tinha visto aquela moça antes na vila.

Disse que, depois daquele dia, era como se ele fosse outra pessoa. Era como se o mundo fosse outro mundo. Era como se a vida fosse outra vida e ele não sabia explicar como.

— Foi como um fogo que pegou, cresceu e veio queimando tudo dentro de mim, dona!

A esposa do fazendeiro olhou admirada para o marceneiro.

O marido, de longe, só ouvindo.

O marceneiro pediu desculpas.

Disse que sabia que ela era casada.

Disse que sabia que tudo aquilo talvez fosse um grande erro.

Pediu desculpas de novo.

Contou que era um simples marceneiro, um homem do povo, e que nem tinha nada a oferecer a ela, mas que mesmo assim queria uma chance para poder falar.

Olhou dentro dos olhos da moça.

Disse que o sentimento que guardava no fundo do peito era muito mais forte do que ele.

E continuou:

— Planejei jamais conhecer a senhora, dona, mas confesso que sinto sua presença rondando tudo o que faço. Imaginei viver a léguas de distância, mas... E esses seus olhos acesos brilhando o tempo todo na minha frente? Achei que ia conseguir pensar em outra coisa, mas agora o que eu faço com sua imagem que volta e meia me visita? Rezei para esquecer sua voz, rezei para esquecer sua imagem, mas os pássaros do pensamento não se cansam de cantar seu nome. Fiz o impossível para não sonhar, mas cá estou às voltas com devaneios, planos e desejos. Prometi demonstrar o contrário do que sinto, mas como tirar das minhas mãos o calor que adivinho no seu corpo?

Lá no canto, o fazendeiro coçou o queixo.

As palavras do jovem marceneiro fizeram com que as lágrimas começassem a escorrer pelo rosto da esposa do fazendeiro.

A moça, entretanto, não disse nada.

Foi quando o marceneiro levantou-se da cadeira e foi para trás da poltrona onde a esposa do fazendeiro estava sentada.

E de forma inesperada e surpreendente começou a falar olhando para a cadeira onde antes estivera sentado. Falava com a cadeira vazia. E falava como se a esposa do fazendeiro estivesse, ela mesma, respondendo.

— Moço — disse ele olhando para a cadeira vazia —, eu agradeço muito por ter vindo hoje aqui em casa falar comigo. Estou surpresa e confusa. Estou gratificada. Fiquei muito emocionada com suas palavras. Nunca, em toda a minha vida, nenhum homem jamais falou assim comigo antes. O seu jeito, o calor de sua voz, sua sinceridade, tudo o que você disse mexeu muito comigo. Aqueceu meu coração. Me trouxe alegria, me trouxe paz, me trouxe esperança.

Sentada na poltrona a moça escutava e chorava cada vez mais.

Na cadeira, meio de lado, o fazendeiro acompanhava a cena.

— Moço — continuou o marceneiro como se fosse a esposa do fazendeiro falando com ele mesmo —, enquanto eu estiver viva acho que nunca vou esquecer as palavras que você me disse hoje aqui nessa sala. Elas mexeram comigo. Elas vieram morar no meu coração. Elas me fizeram compreender várias coisas. Sinto que elas vieram para me libertar. E quero que saiba uma coisa, moço: meu quarto fica no andar superior dessa casa e minha janela é aquela com cortinas brancas que dá de frente para a praça. Se um dia, por acaso, estiver passando na praça, olhar para o meu quarto e encontrar a janela aberta e as cortinas estiverem azuis e soltas para o lado de fora, venha me visitar. Estarei aqui esperando por você de braços abertos.

Meia hora é um sopro de quase nada.

O marceneiro olhou para o relógio preso na parede e disse que era hora de ir embora. Agradeceu a esposa do fazendeiro por tê-lo recebido e escutado o que tinha a dizer. Em seguida, despediu-se e partiu acompanhado pelo dono da casa.

A moça ficou imóvel, sentada na poltrona da sala.

Já do lado de fora, seu marido puxou conversa com o marceneiro.

— Achei um pouco esquisita toda essa conversa — disse ele. — Confesso que não entendi direito o que aconteceu. O que você achou? — perguntou ele ao marceneiro, no fundo, meio sem saber o que perguntar.

O rapaz balançou os ombros.

— Confesso que também não sei o que achar — respondeu com ar conformado. — Sua esposa não disse nada. Acho que não prestou atenção nem ouviu uma palavra do que eu disse.

Em seguida, entregou o Cavalo Prateado, deu boa noite e foi embora para casa a pé.

O povo conta que naquele mesmo dia a esposa do fazendeiro chamou o marido e disse que estava cansada daquela vida sem graça. Reclamou. Gritou. Chorou. Disse que para ela assim não era possível. Disse que para ela a vida assim não tinha sentido.

Dizem que o marido não gostou do que ouviu, que ficou ofendido, que os dois brigaram feio e que o marido saiu de casa furioso batendo a porta.

O certo é que, dias depois, o fazendeiro arrumou as malas e partiu para a capital todo elegante, montado no seu famoso Cavalo Prateado, sentado nos arreios vermelhos e cercado de empregados. Foi assumir o tão importante e desejado cargo de representante do governo para assuntos de terras, fazendas e agricultura.

É certo também que, naquela mesma semana — era dia de Sol —, a janela do segundo andar do casarão do fazendeiro passou o dia inteiro aberta, com as cortinas azuis do lado de fora esvoaçando feito bailarinas dançando uma música doce, calorosa e impredizível.

o filho do meeiro e a filha do fazendeiro

Aquele homem vivia do trabalho na terra. Tinha dois filhos e, para sustentar a família, trabalhava como meeiro: meio dia na própria roça e meio dia nas terras de um fazendeiro.

O homem era bom trabalhador, e o fazendeiro gostava muito dele. Quando nasceu o terceiro filho do meeiro, o fazendeiro disse:

— Desse aí quem vai ser padrinho sou eu!

O roceiro e sua mulher ficaram felizes da vida. Que bom ter um filho sortudo. Que beleza o menino já entrar na vida com o pé direito. Ser afilhado do homem mais rico e poderoso daquela região!

O tempo é vida que escoa ninguém sabe por onde.

Quando o menino tinha 10 anos, seu pai apareceu em casa todo contente. Tinha pescado um peixe desse tamanhão.

— Mulher, acho que foi o maior peixe que já peguei na vida. Olha que beleza! Prepara ele pra janta!

Quando o marido tirou o peixe da sacola, a mulher ficou admirada:

— Nossa! Que peixão!

E a mulher do roceiro logo teve uma ideia. Mandar o peixe de presente para o fazendeiro.

— Ele gosta de você. Ele sempre foi generoso. Ele é o padrinho de nosso filho caçula.

No começo, o marido não gostou, mas no fim acabou concordando.

A mulher então preparou o peixe com capricho, colocou num prato, cobriu com um pano e mandou o filho levar para o fazendeiro.

—Vai lá, menino. Ele vai gostar do peixe. Ele vai gostar de ver o afilhado.

E não deu outra.

O fazendeiro ficou todo contente de rever o filho do meeiro, mandou o menino entrar e até chamou a mulher.

—Vem ver como o danado cresceu!

Depois mandou preparar um doce para o menino levar de presente para seus compadres.

— Enquanto você espera, por que não vai brincar com minha filha? Ela tem a sua idade. Ela deve estar lá fora no pomar.

O menino foi brincar com a filha do fazendeiro.

E os dois conversaram. E os dois deram risada. E os dois ficaram amigos.

Quando o fazendeiro chegou com o presente para os pais do afilhado, a filha disse:

— Não quero que ele vá embora.

E o pai:

— Mas, filha, já está ficando tarde...

— Quero que ele fique mais um pouco!

— Mas os pais dele vão ficar preocupados!

Não teve jeito. A menina era filha única. A menina insistiu. A menina bateu o pé:

— Eu quero, quero e quero!

No fim, o fazendeiro mandou avisar o compadre, arrumou uma cama e o filho do roceiro dormiu lá.

Foi o início de uma grande amizade.

Volta e meia a menina pedia que o menino a visitasse.

E se ele não ia ela chorava e ficava zangada.

A menina não tinha irmãos, e seus pais perceberam que a companhia do menino fazia bem a ela.

Passou o tempo. Um dia, o fazendeiro mandou chamar o meeiro.

Disse que tinha uma proposta.

Queria que o afilhado viesse morar com ele.

— Prometo cuidar bem do moleque. Vou colocar na mesma escola onde estuda a minha filha. Vou fazer do menino o filho que nunca tive.

O roceiro ficou sem saber o que pensar.

Quando chegou a noite, conversou com a mulher. Era uma chance única. Era uma chance de ouro.

No dia seguinte o meeiro voltou e disse que aceitava a proposta.

Dessa forma, o filho daquela família da roça foi criado e educado como se fosse menino rico. Como se fosse um filho de fazendeiro.

Os anos foram passando e a amizade entre o filho do meeiro e a filha do fazendeiro cresceu e cresceu e cresceu.

De repente os dois estavam moços. De repente os dois descobriram que estavam apaixonados.

Um dia, o moço e a moça foram conversar com o fazendeiro. Vieram risonhos. Vieram de mãos dadas. Contaram que estavam namorando.

O fazendeiro e sua mulher já estavam desconfiando que por trás de tanta amizade, tanta conversa e tanto aconchego havia amor.

O filho do meeiro disse que amava a filha do fazendeiro e que pretendia se casar com ela.

Os pais da moça conheciam muito bem aquele rapaz e sabiam que ele era gente boa.

Parecia estar tudo certo, mas não estava.

Havia outra fazenda. Havia outro fazendeiro, e o tal fazendeiro tinha um filho.

Um dia, o dono da fazenda vizinha marcou um encontro com o pai da moça. Contou que seu filho estava interessado na menina. Falou que o casamento entre os dois era bom para as duas famílias.

— Já pensou se nossas fazendas um dia forem uma só? E outra, vou ser franco: tem cabimento uma menina rica como sua filha se casar com um pobretão? Casar com pé-rapado que não tem onde cair morto?

O fazendeiro voltou para casa pensativo. De fato, talvez o vizinho tivesse razão. Embora fosse um bom moço, seu afilhado era um zé-ninguém. Caso sua filha se casasse com o filho do vizinho, passaria a ser a mulher mais rica e poderosa de toda a região. Isso seria bom para ela e para todos.

No dia seguinte, o pai chamou a filha para conversar. Foi direto. Relatou a conversa com o vizinho. Contou que o filho dele tinha interesse em se casar com ela. Disse que uma aliança entre as duas famílias seria uma coisa muito boa.

— Mas, pai, como assim?

E a moça bateu o pé. Disse que não queria saber de se casar com o tal rapaz. Disse que não queria saber de aliança coisa nenhuma. Disse que amava o filho do roceiro. Que estava apaixonada por ele e que era com ele que ela queria se casar.

— Quero aliança, mas é no meu dedo e colocada por quem eu quiser!

O fazendeiro sabia que ele mesmo tinha criado aquela situação ao aproximar a sua filha do afilhado.

Voltou a conversar com o vizinho, e, no fim, os dois vieram com uma proposta.

Mandaram chamar a moça.

A proposta era a seguinte: o fazendeiro vizinho mandaria fazer dois navios, um para o filho do roceiro e outro para seu filho.

Os dois jovens deveriam fazer uma viagem de um ano pelo mundo afora.

Aquele que voltasse com os melhores resultados, o que tivesse mais sucesso, se casaria com a moça.

No começo, a filha do fazendeiro não quis aceitar, mas foi tanta conversa, tanta insistência, que ela acabou concordando.

Concordou, mas foi só por fora.

Saiu da sala e foi correndo conversar com o namorado. Contou toda a conversa, falou da tal viagem e garantiu:

— Pra mim, tanto faz como tanto fez!

A moça jurou que dali a um ano, voltassem os dois rapazes como voltassem, tendo sucesso ou não, era com ele — e só com ele — que ela iria se casar. E disse mais:

— Jure também que me ama e que vai voltar para mim!

— Garanto, prometo e juro! — disse ele, olhando nos olhos dela.

Os dois se abraçaram, se beijaram e foi tanto carinho que naquele dia, por um instante, a filha do fazendeiro e o filho do meeiro parece até que tinham ido parar em outro mundo.

Tempos depois, os dois rapazes partiram cada um no seu barco.

Eram duas belas embarcações, mas, por dentro, apenas uma estava em ordem.

O interior do barco do filho do meeiro era todo falso, remendado e arrumado de qualquer jeito. Na verdade, aquela embarcação tinha sido preparada para naufragar no meio da viagem.

E foi o que aconteceu.

Por causa de um vento que bateu forte, o barco do afilhado do fazendeiro um dia estremeceu, começou a adernar, e a água começou a entrar pelo casco. Em instantes a embarcação rachou no meio e afundou.

Durante três dias e três noites o moço ficou boiando no mar agarrado num pedaço de madeira. Depois perdeu as forças e desmaiou.

Acordou numa praia deserta.

Ao seu lado estava uma velha.

Com dificuldade, a mulher ajudou o rapaz a ir até sua casa. Ali ela cuidou dos ferimentos e machucados dele, trouxe água e comida.

Não demorou muito e o moço já estava melhor.

Mas aí quem ficou doente foi a velha.

Foi assim: os dois estavam na varanda da casa, em frente do mar, conversando. O afilhado do fazendeiro contava a sua história. De repente a mulher colocou as mãos no peito, deu um suspiro e caiu desmaiada no chão.

Era a vez do moço cuidar da velha.

Deitou a mulher na cama, preparou comida, trouxe água e ficou esperando a doente melhorar.

Enquanto isso, como não tinha o que fazer, aproveitou para arrumar a casa, ajeitar o telhado, caiar as paredes, consertar as janelas e varrer o terreno.

De pouco em pouco a velha recuperou as forças.

Então ela chamou o rapaz e disse:

— Sou velha e vou morrer logo. Você foi bom comigo e me ajudou muito. Foi uma bênção ter ao meu lado alguém como você nos meus últimos dias de vida.

Tossiu um pouco e continuou. Disse que por essa razão ia dar a ele um presente.

— É tudo o que eu tenho, sou e sei fazer.

Pediu ao jovem que fosse até um armário e pegasse uma garrafa e um pote. Explicou que a água daquela garrafa era capaz de curar as mais graves doenças e que o pó daquele pote fazia sarar as piores feridas.

Mandou o moço chegar mais perto. Com voz baixa, ensinou que aquela água ela preparava fazendo assim, assim, assim e que para fazer o pó ele precisava colher tais e tais raízes, raspar tais e tais troncos, misturar tudo, bater, moer e torrar.

Disse isso, sorriu, fechou os olhos e morreu.

Então o filho do roceiro enterrou a velha, fez uma cruz com pedaços de madeira amarrados com corda e colocou sobre a sepultura.

Depois, botou a garrafa e o pote dentro de uma sacola, respirou fundo e seguiu viagem.

Andou dias e dias por uma estrada de terra e foi parar numa vila.

Vila estranha. Lugar deserto. Ninguém andando nas ruas. Todas as janelas fechadas.

De uma das casas veio um ruído. Era barulho triste de gente. Gente chorando.

O moço foi até lá e bateu na porta.

Apareceu um homem. O sujeito parecia desesperado.

— Maldita doença! Já levou embora muita gente e agora está levando minha mulher!

O filho do meeiro pediu licença para entrar. Encontrou a esposa do homem deitada na cama, pálida, gemendo, meio que morre não morre.

Rápido, o rapaz pegou a garrafa da sacola e pingou algumas gotas na boca da mulher.

Milagres às vezes acontecem!

Não demorou muito, as cores voltaram ao rosto da mulher, que sentou na cama e sorriu de alegria e alívio.

Graças ao tal líquido a esposa do homem ficou curada.

Conversando com o casal, o moço descobriu que aquela peste já tinha atacado e matado muita gente da vila.

— Até o governador, o homem mais importante da cidade, apesar de contar com os melhores médicos, está de cama mais pra lá do que pra cá.

O rapaz ficou de pé e disse:

— Vou precisar da ajuda de vocês dois.

E foi assim.

Enquanto o filho do roceiro ia de casa em casa com a garrafa e o pote curando as pessoas e salvando vidas, o homem e sua esposa se enfiavam nos matos colhendo raízes, frutas, cascas, ervas e sementes.

À noite, o moço preparava mais água e mais pó, pois em alguns doentes também nasciam feridas.

Foi uma trabalheira que durou meses, mas valeu a pena. No fim, todo mundo daquela vila estava são e salvo.

O governador, muito agradecido por ter sido curado daquela maldita peste, mandou fazer uma festa em homenagem ao rapaz.

— Você salvou nosso tesouro mais precioso: nossa vida!

E declarou na frente de todos:

— Como retribuição, gostaria de apresentar a você a minha filha. Ela é jovem e muito bonita. Para mim seria uma alegria enorme se vocês dois se conhecessem, se gostassem e se casassem.

Mas o filho do meeiro respondeu:

— Agradeço muito e tenho certeza de que sua filha é maravilhosa, mas não posso aceitar. Amo outra moça.

Em seguida, puxou o governador de lado e abriu o coração. Contou sua vida, sua história e suas aventuras.

O governador lamentou, mas compreendeu a situação. Mandou então construir um navio para que o moço pudesse voltar para casa e ainda deu a ele muitas joias e um baú cheio de dinheiro.

O tempo é coisa mansa e veloz. Um dia parece parado, no outro já passou galopando.

Certa tarde, a filha do fazendeiro, que queria se casar com o filho do meeiro, estava olhando pela janela quando, ao longe, no mar, enxergou, vindas de pontos diferentes, duas embarcações.

Eram os dois moços voltando finalmente para casa.

Um ano havia se passado.

Quando soube que os dois navios tinham voltado, o dono da fazenda vizinha fechou a cara:

— Mas como?

Os dois jovens foram muito bem recebidos e naquela mesma noite ambos, cada um de uma vez, contaram suas experiências e aventuras.

De longe o filho do roceiro ganhou a competição.

Além de ter enfrentado um naufrágio e desafios muito difíceis, tinha salvado vidas humanas e, ainda por cima, conseguido voltar para casa com um barco maior e mais bonito. Isso sem falar no dinheiro e nas joias que ganhou de presente do tal governador.

A filha do fazendeiro não deixou por menos e exclamou:

— Estou morta de saudade! Quero casar com ele e vai ser hoje mesmo!

No começo, seus pais foram contra.

— Mas, filha, e a festa? E os convidados? Pra que tanta pressa? — perguntou a mãe.

— Filha, o rapaz acabou de voltar de uma longa viagem! — ponderou o pai.

A moça quis porque quis e insistiu tanto e tanto que, mais uma vez, o fazendeiro fez as vontades da filha. Pediu que chamassem um padre enquanto sua esposa mandava preparar os comes e bebes.

Mais tarde, depois da cerimônia, dos abraços e dos cumprimentos, o jovem casal foi para o quarto.

O afilhado do fazendeiro estava morto de cansaço. Deitou-se na cama e avisou que precisava dormir.

A filha do fazendeiro não gostou.

— Mas como? A gente casou hoje! Você não gosta mais de mim?

O moço começou a falar, mas fechou os olhos.

A moça tentou sacudir e puxar, mas nada de o moço acordar.

No fim ficou com raiva, atirou água fria em cima do rapaz e gritou:

— Que história é essa? Você arrumou outra na viagem? Você agora não liga pra mim? Não se esqueça de que você é filho de um simples roceiro, de um meeiro que não tem nem um tostão furado! Não se esqueça de que se casou com a filha do fazendeiro mais rico desta região!

Aquelas palavras feriram o rapaz. Feriram muito.

Durante a noite, arrumou suas coisas numa sacola, saiu de casa, pegou seu barco e foi embora rumo àquela vila distante onde fora tão bem recebido por todos.

Mas viajou muito triste. Tão triste, mas tão triste que quando chegou na vila já não conseguia falar mais nada.

Sim, o filho do meeiro, o marido da filha do fazendeiro, ficou mudo de pura mágoa, tristeza e decepção.

Assim que soube da doença do moço, o governador não se conformou. Mandou chamar os melhores médicos e os mais famosos curandeiros, mas quem disse que adiantou?

O rapaz parecia mesmo muito doente. Só balançava a cabeça com um olhar vazio e sem esperança.

O governador então mandou avisar. Quem conseguisse curar o rapaz ganharia dez sacos de ouro. Mas ele não queria saber de gente pilantra e trapaceira. Quem tentasse e não conseguisse ele mandava matar.

Enquanto isso, muito longe dali, outra pessoa também andava morta de tristeza e arrependimento.

Era a filha do fazendeiro.

Desde o desaparecimento do marido, ela não queria mais saber de comer. Vivia pelos cantos chorando e repetindo baixinho:

— A culpa é minha.

Não demorou muito, a moça adoeceu, foi para a cama e por pouco não morreu.

Ninguém sabe como foi. Um belo dia a filha do fazendeiro acordou, saltou da cama, preparou uma sacola e foi embora. Antes avisou:

— Vou trazer meu marido de volta!

A moça tinha ideia, mais ou menos, de onde ficava a vila que, tempos atrás, quase tinha desaparecido por causa de uma terrível doença.

— Tenho certeza de que ele foi para lá!

E para lá se foi a filha do fazendeiro. Foram meses de viagens e buscas. Foram meses de perguntar aqui e ali, meses de idas e vindas.

Um dia, finalmente a moça conseguiu chegar à tal vila e logo soube da doença do moço. Correu para procurar o governador e informou a ele que sabia como curar aquele rapaz.

O homem examinou a moça de alto a baixo.

— Olha, moça, o caso é grave. Ele está hospedado em minha casa. Está muito doente. Vive trancado num quarto, não fala com ninguém nem sai mais da cama. Esse rapaz é muito querido por mim e por todo mundo na cidade.

E disse com voz firme:

— Preste bem atenção. Não quero saber de truques, nem tramoias, nem falsidades. Já disse outras vezes e vou repetir: quem conseguir curar o moço, ganha os dez sacos de ouro. Mas se não conseguir eu pego, prendo, penduro numa corda e enforco mesmo!

A filha do fazendeiro só fez um pedido:

— Preciso de três noites a sós com ele.

O governador achou que era razoável.

Na primeira noite, a moça entrou no quarto e encontrou o marido deitado na cama, parado e olhando para o teto. Ela correu para abraçar e beijar o moço:

— Sou eu! Vim aqui pedir perdão. Eu errei! Me perdoa!

Quieto na cama, o moço fechou os olhos e dormiu.

A moça chamou, chamou, chamou e nada. Passou.

Na segunda noite, a moça veio e sentou-se na beira de cama:

— Olha aqui! Sou eu! Me perdoa! Sei que errei! Por favor! Olha pra mim! Volta pra mim!

Deitado na cama, o moço virou-se para o outro lado sem dizer nada.

Naquela noite, a moça deitou no chão ao lado da cama, chorou e dormiu. Passou.

Veio a terceira e última noite. A moça entrou no quarto decidida. Tentou sacudir o moço. Subiu na cama. Agarrou. Beijou. Sacudiu. Chorou. Gritou. Soluçou.

— Me perdoa, olha pra mim, me perdoa!

O moço parecia um morto deitado na cama de olhos fechados.

Pela manhã, o governador já chegou com uma corda na mão.

A filha do fazendeiro baixou a cabeça. Reconheceu que infelizmente não tinha conseguido curar o moço.

O governador não quis saber de conversa.

— Vamos — mandou ele. — Sua hora chegou!

A moça só repetia baixinho:

— A culpa é minha...

Perto da casa do governador havia uma árvore.

A filha do fazendeiro foi levada até lá.

Um empregado passou o laço no pescoço da moça e jogou a corda num galho alto. Outros quatro empregados ficaram prontos para puxar.

Foi quando um grito explodiu no ar:

— Não!

Era o filho do meeiro. Era o afilhado do fazendeiro.

O moço saiu da casa, veio correndo e arrancou a corda do pescoço da moça.

— Me perdoa! — pediu ele.

— Me perdoa! — pediu ela.

E foi uma cena bonita de se ver. Os dois chorando e rindo e dançando e rodando e girando e caindo no chão, um nos braços do outro, num abraço tão apertado e tão grudado que parecia nem ter mais fim.

Naquele dia começou, de verdade, a vida daqueles dois que, dizem, ainda viveram muitos e muitos anos juntos e foram muito felizes.

o moço que saiu pelo mundo afora

O FILHO DAQUELE fazendeiro era um moço muito caseiro. Desde pequeno gostava de ficar quieto no seu canto ou de ajudar o pai nos muitos serviços e trabalhos da fazenda que ficava lá longe atrás da serra.

Mas quando foi um dia o moço se cansou. Procurou os pais. Disse que queria viajar.

— Já fiquei muito em casa, pai! Agora chegou a hora de sair pelo mundo afora, mãe!

Tanto o pai quanto a mãe concordaram com o filho.

No dia seguinte, o rapaz arrumou sua sacola, despediu-se, abraçou os pais e partiu. Prometeu voltar dentro de sete meses.

Depois de cruzar muitas estradas e andar muito, acabou chegando a um país distante.

Como já estava cansado de tanto viajar, resolveu ficar zanzando por ali mesmo.

E foi assim que, passeando à toa pelas ruas da cidade, olhou para a janela de uma casa e sentiu seu coração parar.

É que na janela estava a moça mais linda que ele já tinha visto na vida.

O moço ficou tão encantado, tão enfeitiçado, tão sei lá como, que lá do alto, mesmo de longe, a moça acabou percebendo tudo. E percebeu e gostou e sorriu.

Desde então os dois jovens passaram a ter uma espécie de conversa, todos os dias, conversa de longe, conversa secreta feita só de olhares, sorrisos e gestos.

Certa tarde, o moço estava na rua, parado, esperando a moça aparecer na janela, quando passou uma velha e falou:

— Ô, rapaz, que negócio é esse de ficar todo dia aí olhando, olhando, olhando?

No começou, o filho do fazendeiro desconversou, mas depois contou que estava interessado na moça bonita da janela.

A velha caiu na risada.

— Sabia que ela é filha do governador?

E disse que já tinha percebido o jeito dos dois se olhando. Disse mais. Ela trabalhava na casa do governador e podia dar um jeito de fazer os dois se encontrarem.

Dito e feito.

Graças à tal velha, o moço viajante e a moça bonita da janela se conheceram pessoalmente e logo ficaram primeiro amigos e, depois, namorados.

Sete meses às vezes passam sete vezes mais depressa.

Um dia, o rapaz lembrou que precisava voltar para casa, conforme o prometido. Mas antes pediu para falar com o pai da moça.

Tomou coragem. Procurou o governador. Disse a ele quem era. Contou que estava apaixonado pela filha. Explicou que precisava voltar para sua terra, mas garantiu que regressaria para se casar com ela.

O pai da moça olhou para o jeito do moço e gostou do que viu.

Achou que de fato ele poderia ser um bom marido para sua filha.

— É isso que você quer, filha?

— É, sim, pai! — afirmou ela, com um sorriso nos lábios.

Dias depois, o casal se despediu com muitos abraços, beijos, juras, promessas de amor, e o rapaz caiu na estrada.

Foi uma longa viagem de volta.

Mal chegou em casa, o filho do fazendeiro já foi contando tudo da viagem. Falou dos caminhos por onde andou. Descreveu as paisagens que visitou. Deixou o mais importante para o fim. Contou da moça bonita da janela. Disse que pretendia voltar para se casar com ela. E confessou:

— Amo aquela moça! No duro!

O rapaz teve o apoio dos pais, passou um tempo na fazenda para descansar e se organizar e, um mês depois, caiu na estrada de novo, agora com suas bagagens, rumo àquele país distante onde vivia a moça bonita da janela.

A vida é anel de vidro. Quando chega uma hora, quebra.

Ao voltar para reencontrar seu amor, o moço encontrou apenas dor. Soube que, agora, aquele país andava em guerra com o país vizinho e, pior, soube que a linda moça bonita da janela tinha desaparecido.

Segundo as notícias que corriam, a moça tinha ido se banhar numa lagoa lá longe e simplesmente tinha sumido.

— Minha filha foi aprisionada pela gente inimiga! — contou o governador, com lágrimas nos olhos.

Em conversas aqui e ali, o filho do fazendeiro soube mais detalhes. O povo inimigo tinha o hábito de sequestrar as pessoas para transformá-las em escravas.

Desesperado e sem saber o que fazer, naquela noite o rapaz teve uma ideia: "Se precisam de escravas, na certa precisam de escravos também!".

E assim, no outro dia cedinho, o moço se arriscou. Foi se banhar justo na lagoa lá longe em que a moça bonita da janela desapareceu.

Passou um dia. Nada.

Passou outro dia. Nada.

No terceiro dia, o moço estava desanimado, sentado na beira da lagoa, esperando, esperando, esperando. Quando foi ver estava cercado por soldados armados até os dentes, foi agarrado, amarrado e levado prisioneiro.

E assim o filho do fazendeiro, o moço que saiu pelo mundo afora e ficou apaixonado pela moça bonita da janela, passou a viver como escravo de um reino distante.

Como era jovem e forte, logo foi convocado para lutar na guerra.

Sem ter alternativa, o rapaz aceitou.

E não é que ele se deu bem?

O moço de boa paz que sempre tinha sido caseiro e pacato se revelou um grande guerreiro.

E tanto lutou e tanto brilhou e tanto batalhou que acabou se tornando famoso dentro do exército.

Quando a guerra terminou, o rei em pessoa mandou chamar o jovem guerreiro.

Depois de muitos elogios pela bravura do rapaz, veio com uma proposta inesperada:

— Moço, você provou que é valente e corajoso. Você provou que é uma pessoa em quem se pode confiar. Nosso povo deve muito a você. Saiba que tenho uma filha muito bela e jeitosa. Eu teria muito gosto se vocês dois se casassem.

Casar com a princesa! Casar com a filha do rei!

Para surpresa de todos os presentes, o moço viajante que tinha virado grande guerreiro agradeceu muito, mas recusou a oferta do rei. Disse que já tinha compromisso com outra moça. Chorou. Contou que estava apaixonado. Disse que aquela moça era a razão da sua vida.

E disse mais: a tal moça infelizmente agora era prisioneira e vivia como escrava naquele reino. Escrava do próprio rei.

O moço então pediu ao rei que, por favor, libertasse a moça.

O rei admirou a determinação do rapaz.

— Você é um homem de bem!

Ordenou que a tal escrava fosse solta imediatamente, deu ao casal muitos e ricos presentes e ainda mandou preparar um barco para que os dois pudessem voltar para casa.

E, sendo assim, o filho do fazendeiro e a moça bonita da janela se reencontraram e, felizes como dois passarinhos, iniciaram a viagem de volta às terras onde ela vivia.

Viajar é como viver. Pode ser muito bom. Pode ser muito perigoso.

No começo, o mar parecia calmo, mas logo ficou raivoso. E os ventos que sopravam mansos de repente começaram a uivar e uivar querendo derrubar tudo o que viam pela frente.

A embarcação navegava num vai que vai, balançando, sacolejando e quase virando entre as ondas.

No meio da viagem, os dois precisaram atracar numa ilha deserta para descansar e tentar encontrar algo para beber.

Enquanto o moço pegava água de um riacho, uma cobra preta saiu do mato e picou a moça, que logo começou a sentir dores pelo corpo e a perder muito sangue.

Os dois voltaram para o barco e seguiram viagem. Começou a chover. A moça cada vez mais fraca. O vento batendo forte. O moço tentando cuidar da moça. As ondas querendo virar o barco. O moço lutando contra o veneno da cobra. A tempestade fustigando mais e mais. No fim, ao perceber que a moça bonita da janela estava morrendo, o rapaz pegou uma faca, furou o próprio braço, tirou sangue e, assim, com uma agulha, conseguiu doar sangue a ela.

Graças a isso a moça sobreviveu.

Mas a alegria durou pouco. Logo adiante, o barco bateu num banco de areia e naufragou.

Por horas e horas, o casal ficou boiando solto nas águas, nadando um pouco e descansando um bocado até que conseguiu alcançar a terra firme.

A verdade sempre tem duas faces. Graças ao naufrágio, o moço viajante e a moça bonita da janela passaram a viver juntos. Mas juntos mesmo.

E os dois construíram uma cabana. E os dois saíam todos os dias em busca de alimento. E os dois conversavam muito. E trocavam ideias e opiniões. E falavam de sonhos. E falavam de sentimentos.

À noite, dormiam abraçadinhos numa esteira de folha de bananeira.

Tantos acidentes e tantos sofrimentos fizeram com que aqueles dois jovens se conhecessem melhor, ficassem mais íntimos, ficassem mais companheiros.

— Gosto muito de você!
— Gosto muito de você!
— Vou ser sempre seu!
— Vou ser sempre sua!

— Jura?

— Juro!

Mas a vida naquele matagal foi ficando cada vez mais difícil. Aquele lugar era cheio de perigos, de frutas venenosas, de pântanos traiçoeiros, de onças e outros bichos do mato. Fora isso havia a luta constante para arranjar um pouco de comida.

Um dia, o moço chamou a moça e disse que assim não dava mais.

— Vou sair por aí e ver se encontro alguma ajuda. Vou ver se descubro o caminho para casa. É melhor você ficar aqui e me esperar.

— Prefiro ir com você — afirmou a moça.

O rapaz explicou que não sabia onde estavam.

Que podia ser perigoso.

Que podia haver outra guerra.

— Fica, por favor. Aqui é melhor pra você. Aqui você fica mais segura.

No outro dia, o moço abraçou a moça e partiu mato adentro.

Andou dias e dias sem encontrar nada. Já estava desanimando quando lá longe enxergou uma fumacinha.

Foi indo pelo mato, sempre de olho no céu na direção da fumaça e acabou chegando numa casinha.

Gritou:

— Ô de casa!

Gritou:

— Tem gente aí?

Bateu palmas. Gritou mais alto. Nada.

O moço então resolveu empurrar a porta e entrar.

Dentro da casa encontrou o fogão aceso e uma velhinha caída no chão.

No começo, o rapaz pensou que ela estivesse morta, mas chegando perto percebeu que ela ainda respirava.

Rápido, o moço carregou a mulher até a cama, deu a ela um pouco de água e aproveitou o fogão aceso para preparar uma sopa.

De pouco em pouco, a velha recuperou as forças, mas estava tão fraca, tão fraca que mal conseguia falar.

O filho viajante do fazendeiro viu que não tinha jeito. Pensava na moça bonita da janela lá longe sozinha na cabana. Olhava para a velha deitada na cama. Não podia deixar a mulher ali sozinha e doente, no morre não morre!

Levou mais de um mês para a mulher recuperar as forças.

Durante aquele tempo o moço e a velha ficaram amigos e conversaram muito. O rapaz contou a ela sua história. A mulher disse que achava que o país da moça bonita da janela ficava seguindo na direção tal, pegando um caminho assim, assim, assim.

Um dia, o moço falou:

— Dona, eu preciso ir embora. Deixei minha companheira sozinha no meio do mato.

A velha agradeceu muito e deu a ele uma caixinha de madeira.

— Só abra essa caixinha quando a hora chegar.

— Que hora? — perguntou o rapaz.

— Você saberá — respondeu ela.

Quando o moço voltou à cabana do meio do mato, cadê a moça bonita da janela?

Encontrou o lugar deserto. Encontrou a cabana abandonada. Descobriu que a moça tinha desaparecido!

Desesperado, o rapaz saiu gritando pelo mato adentro.

— Moça! Moça! Cadê você?

A partir daquele dia, o filho do viajante parecia que tinha morrido por dentro. Parecia que tinha se tornado outra pessoa. Parecia um morto-vivo.

Nunca mais cortou nem barba nem cabelo. Raramente tomava banho.

O moço corajoso que um dia saiu pelo mundo afora e virou grande guerreiro parecia que tinha ficado meio doido.

E assim, nesse triste estado, continuou andando por aí sem rumo, sem causa nem destino.

Passou um ano, e de tanto andar e andar o moço foi ficando esfarrapado e no fim perdeu o que restava de sua camisa e de suas calças.

Suas barbas e sua cabeleira passaram a ser sua roupa. De tão grandes, cobriam seu corpo inteiro.

Por onde andava o moço viajante passou a ser conhecido como "Pele de Pelo".

Um dia, por acaso, sem querer, sem procurar nem planejar, o Pele de Pelo chegou ao país onde antigamente morava a moça bonita da janela.

Encontrou as ruas muito movimentadas. Gente andando para cima e para baixo. Gente falando alto. Quando foi perguntar o que estava havendo, descobriu que a filha do governador da cidade ia se casar.

— Filha? Que filha?

O Pele de Pelo sabia que o governador daquele lugar só tinha uma filha e que a filha dele era a moça bonita da janela.

De conversa em conversa, soube que a filha desaparecida do governador tinha sido encontrada no meio do mato, vivendo sozinha numa cabana. Trazida de volta para casa, a moça, a pedido do pai, acabou aceitando se casar com um primo distante.

O coração do Pele de Pelo ficou confuso. Não sabia se queria parar de bater ou se queria bater mais ligeiro e com mais força até explodir.

— Quando vai ser o casamento? — perguntou ele.

— Hoje mesmo — afirmaram.

E foi assim.

Numa belíssima festa, a filha do governador, a moça bonita da janela, para a alegria geral, casou-se com o tal primo distante.

Todos na plateia aplaudiam, comemoravam, festejavam e desejavam boa sorte ao casal.

Menos uma figura estranha que em vez de roupas se vestia de pelos e cabelos que lhe cobriam todo o corpo.

Como era costume naquele lugar, após a cerimônia, muita gente declamou versos e poemas para louvar o casamento.

O povo aplaudia após cada apresentação.

De repente, por último, depois de todo mundo e para surpresa de todos, adiantou-se o Pele de Pelo.

Na frente da noiva e do noivo, começou:

Eu morava atrás da serra
Saí pelo mundo afora
Quando cheguei nessa terra
Decidi não ir embora

É que andando pela rua
Olhei bem numa janela
Meu Deus, que moça bonita!
Meu Deus, que moça é aquela?

O povo aplaudia os versos improvisados pelo estranho cabeludo despenteado. O governador e o noivo davam risada. A noiva ficou séria e atenta.

Pele de Pelo continuou:

Acontece que eu olhava
Mas ela me olhava também
Eu da rua, ela lá longe
Foi força que vai e vem

Só sei que um belo dia
A gente se conheceu
Pra mim foi tanta alegria
Que meu mundo floresceu

A noiva arregalou os olhos:
— Será?
— Será o quê? — perguntou o noivo.
E Pele de Pelo cantou:

Foi de conversa em conversa
Quando vi já era tarde
Fiquei preso pelo amor
E amor é coisa que arde

E a moça também ardeu
Quando viu não tinha jeito
Entre nós o amor cresceu
Feito flor dentro do peito

— Minha nossa! Pensei que ele tinha morrido! — sussurrou a moça.
— Quem morreu? — perguntou o governador.
Pele de Pelo prosseguiu:

Mas a vida, infelizmente,
Vira e mexe é armadilha
Precisei voltar pra casa
Visitar minha família

Enquanto isso, lá longe,
A minha moça adorada
Foi nadar numa lagoa
Foi presa, foi sequestrada

— É ele! É ele mesmo!
— Ele quem? — quis saber o padre.
E Pele de Pelo:

Quando eu soube desse crime
Não quis saber de mais nada
Saí pelo mundo afora
Peguei tudo o que é estrada

Depois de andar sem parada
Fui dar numa terra brava
Disseram que minha amada
Tinha ali virado escrava

Então naquele rincão
Decidi virar soldado
Lutei por aquela terra
Fui até condecorado

A noiva, pálida.

No fim, como recompensa,
Não quis saber de dinheiro
Só pedi que o rei soltasse
A moça do cativeiro

Mais tarde eu disse a ela:
— A nossa hora chegou!
Partimos numa viagem
Mas nosso barco afundou

O povo aplaudia a cada verso. O noivo batia palmas. O pai olhava a filha. A moça parecia meio zonza.

Nadamos contra a corrente
No fim chegamos na terra
Um lugar, infelizmente,
Cheio de cobra e de fera

Armamos nossa cabana
Ali no meio do mato
Foi tão bom aquele tempo
Que até fizemos um trato

Viver a vida todinha
A gente sempre juntinho
A gente sempre se amando
Felizes no nosso ninho!

Foi quando a noiva botou as mão no peito, revirou os olhos e caiu dura no chão.

A confusão foi geral.

— Pare essa cantoria! — berrou o governador. — Ajudem minha filha!

Uns mandavam o povo se afastar. Outros trouxeram água. Alguns rezavam. Muitos abanavam e chamavam a moça tentando fazê-la voltar a si.

Nada funcionou.

Desde aquele dia, a filha do governador, a moça bonita da janela, parece que desmaiou e desmaiou para sempre.

A moça caiu num sono tão profundo, mas tão profundo que até parecia estar morta.

Era um sono de gente que não quer saber de acordar.

A família, desesperada, passava o dia ao lado da cama esperando algum sinal da moça.

Médicos, benzedores e curandeiros foram chamados.

Passou um mês.

Passaram dois meses.

No terceiro mês, o noivo não aguentou mais.

Procurou o pai da moça. Disse que tinha sido enganado. Disse que assim não era possível. Disse que ainda era moço e que tinha uma vida inteira pela frente. Que pensava ter casado com uma moça jovem, bonita e saudável e agora descobria tudo: sua noiva era uma pobre coitada fraca e muito doente.

O pai da moça não gostou do que ouviu.

— Cala essa boca, desgraçado!

E partiu, no tapa, para cima do noivo.

Depois da briga, o moço avisou que para ele aquele casamento estava desmanchado, pegou suas coisas e foi embora.

No mesmo dia, o Pele de Pelo procurou o governador.

Disse que podia ajudar.

O pai da moça examinou aquele traste humano, aquela figura cabeluda, suja e barbuda de alto a baixo. Andava cada vez mais desanimado. Já tinha tentado de tudo. Já tinha chamado os melhores médicos. O governador então chorou. Limpou as lágrimas. Balançou a cabeça conformado. Disse que para ele tanto fazia. Disse que por ele tudo bem. Se o barbudo cabeludo queria tentar salvar sua filha, que tentasse.

Então o Pele de Pelo pediu licença, foi até o quarto da moça, sentou na beira da cama e na frente do governador e dos familiares tirou do meio dos cabelos do peito uma caixinha de madeira e despejou seu conteúdo na boca da moça.

Foi tiro e queda.

Não demorou meio minuto e a moça abriu primeiro um olho e depois o outro. De repente, sentou-se na cama com um lindo e luminoso sorriso nos lábios.

O Pele de Pelo segurou os ombros da moça e também sorriu.

Foi quando, para surpresa de todos, os dois pularam um em cima do outro e ficaram agarrados, abraçados, rindo e rolando na cama.

O pai da noiva não sabia se chorava ou se ria de felicidade.

— Minha filha foi curada!

O governador não sabia se devia ficar bravo por ver sua filha na cama daquele jeito abraçada aos beijos com aquela figura cabeluda.

— Calma aí, gente! Filha! Menina, o que é isso?

Até hoje ninguém sabe se foi o pó daquela caixinha que salvou a moça ou se tudo foi um truque dela para ficar com seu verdadeiro amor.

A verdade certa e certeira é que o moço que saiu pelo mundo afora e a moça bonita da janela finalmente se casaram e viveram felizes por muitos e muitos anos.

zé-sem-medo

Aquele menino nunca teve medo de nada nem de coisa nenhuma.

Uma vez, estavam ele e sua mãe mais seu irmão mais velho voltando para casa. O menino tinha 7 anos e seu irmão, 10.

Apareceu um cachorro grande e bravo, com os pelos arrepiados e os dentes arreganhados, latindo e querendo morder.

O irmão mais velho agarrou na saia da mãe.

Aquele menino pegou uma pedra no chão, parou na frente do cachorro e gritou:

— Não!

Gritou com uma voz tão firme, gritou com uma voz tão decidida que o cachorro bravo parou de latir, rosnou, recuou e foi embora.

Da outra vez, vinham ele mais a mãe e o irmão numa carroça.

Um marimbondo chegou zumbindo e mordeu o cavalo. Assustado, o animal disparou, a carroça saiu pela estrada sacolejando desgovernada, a mãe e o irmão abraçados, gritando sem saber o que fazer.

Aquele menino ficou calmo, foi com jeito, saltou da carroça para as costas do cavalo e montou. Depois, agarrou as duas rédeas e puxou:

— Eia! Xô! Xô! Para! Xô! Para! Para! — até o cavalo acalmar.

Quando perguntavam onde arranjava tanta coragem, ele só dizia:

— Sei lá. Não nasci para ter medo.

Por essas e outras, o moleque ficou conhecido como Zé-Sem-Medo.

Tempo de criança é brinquedo que dura pouco.

Zé-Sem-Medo cresceu. Um dia procurou os pais e disse que queria sair para conhecer as coisas do mundo.

— O mundo é perigoso! — avisou o pai.

— Tome cuidado! — aconselhou a mãe.

O moço sorriu, despediu-se, pegou um pedaço de pau e caiu na estrada.

Andou e andou dias e noites pelos caminhos e descaminhos do mundo.

Subiu e desceu cada ladeira desse tamanho.

Um dia, deu de cara bem no meio da estrada com duas onças brigando por causa de um bezerro morto.

Em vez de desviar, Zé-Sem-Medo continuou andando, sempre em frente.

Segurou firme o pedaço de pau, aproximou-se das duas onças engalfinhadas, se meteu no meio da briga e deu tanta paulada, tanta cacetada que as duas abriram caminho. Depois que o moço passou, as onças rosnaram e recomeçaram a luta.

Zé-Sem-Medo continuou viagem.

Foi parar no alto de uma montanha. Alguém tinha colocado uma placa: Morro-do-Quem-Desce-Não-Volta.

O rapaz olhou a paisagem lá de cima. Sentiu vontade de descer aquele despenhadeiro abaixo.

E lá foi o Zé agarrado nas pedras ásperas, pontudas e escorregadias.

Foram três dias e três noites sem dormir, mas conseguiu chegar são e salvo no pé do penhasco.

Lá embaixo, no chão, encontrou muitos esqueletos.

Eram viajantes e aventureiros que se arriscaram antes dele, caíram do penhasco e ali ficaram para virar comida dos bichos do mato.

Zé-Sem-Medo enterrou os ossos e seguiu seu caminho, agora metido no mato fechado.

Depois de dias embrenhado no matagal, acabou encontrando uma casa. A casa parecia abandonada. O moço empurrou a porta e entrou.

Deu de cara com duas cabeças de defunto penduradas na parede.

Zé-Sem-Medo respirou fundo e pensou: "Não nasci para ter medo".

Como estava cansado e com muita sede, olhou para as duas cabeças e tomou toda a água de uma jarra que encontrou em cima da mesa. Depois, preparou um lugar no chão para dormir.

Naquele dia a escuridão caiu feito uma pedra sobre o matagal.

Deitado numa esteira improvisada feita de folhas e matos, o moço ficou pensando na vida.

Foi quando escutou uma voz:

— Zé! Ô, Zé!

O moço agarrou o pedaço de pau. De quem era e de onde vinha aquela voz? Ficou quieto, deitado, só esperando.

E lá veio a voz de novo:

— Zé! Ô, Zé!

E disse mais:

—Acende a luz e olha em cima da mesa.

O moço acendeu uma vela e espiou.

Alguém tinha colocado sobre a mesa um prato quente de comida, com pão, queijo, garrafa de vinho, frutas e tudo.

O moço olhou as cabeças penduradas. As duas pareciam estar olhando para ele com olhos parados e assustados.

O perfume da comida estava bom demais.

Zé-Sem-Medo colocou a vela em cima da mesa, sentou-se e comeu tudo.

Mais tarde a voz falou outra vez:

—Zé! Ô, Zé!

O rapaz gritou:

— Quem é?

— Zé, você sabe ler?

— Sei! — respondeu o moço.

E a voz:

—Tem um livro ali num canto assim, assim, assim. Leia.

Com a vela na mão, o moço procurou e no canto encontrou o livro.

Como tinha perdido o sono, sentou-se perto da vela e começou a ler.

Mais tarde, de novo, uma voz surgiu do nada:

—Zé! Ô, Zé!

O rapaz pronto para tudo.

— Você deve estar cansado. É hora de dormir um pouco. Mas não vá dormir nesse chão duro. Siga a luz.

E não é que no chão surgiu uma bola de luz?

E não é que a bola de luz saiu rolando?

Zé-Sem-Medo balançou os ombros.

Juntou suas coisas e foi atrás da luz que se arrastava pelo chão.

E a casa, que era pequena, de repente, parece que ficou grande.

Sempre seguindo a luz, o moço andou, andou e entrou num corredor escuro.

Depois de um tempo, a bola de luz parou diante de uma porta fechada.

O rapaz foi e abriu. Era um quarto muito bonito e bem decorado, cheio de móveis, tapetes, quadros e cortinas.

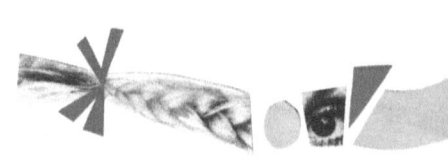

Num canto havia uma cama das grandes. Cama de casal.

Só que em cima da cama tinha uma cobra.

Era uma cobra imensa. A maior que ele já tinha visto.

Enrodilhada sobre o lençol com a cabeça deitada no travesseiro, a cobra dormia um sono profundo.

Zé-Sem-Medo falou baixinho:

— Não nasci para ter medo.

Entrou no quarto, trancou a porta, colocou sua sacola em cima de uma mesa, deitou na cama ao lado da serpente, apagou a vela, fechou os olhos e dormiu.

No dia seguinte, quando acordou, teve uma grata surpresa. Estava deitado ao lado de uma linda moça.

Sentada na beira da cama, a jovem sorria segurando sua mão.

E a jovem contou sua história.

Disse que vivia fazia muito tempo naquele lugar perdido no meio do mato. Disse que tinha sido encantada em forma de cobra. Abraçou e beijou Zé-Sem-Medo.

— Graças à sua coragem, moço, meu encanto foi desfeito!

De conversa em conversa, os dois jovens ficaram amigos, começaram a gostar um do outro e passaram a viver juntos naquela casa perdida numa floresta escura para lá do fim do mundo.

Com o tempo, o moço percebeu que a moça às vezes ficava muito triste e até chorava.

Um dia, segurou a moça pelos ombros e perguntou a ela, cara a cara, o motivo daquela tristeza.

A moça baixou a cabeça e disse:

— Vem cá ver uma coisa.

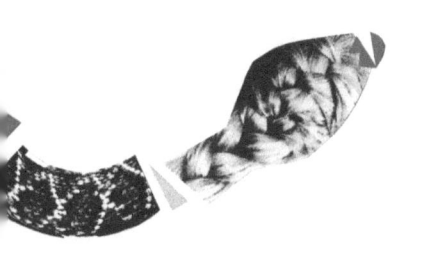

No fim do corredor escuro, havia outro quarto.

A moça abriu a porta. Enrodilhada sobre uma cama havia outra cobra.

— É minha irmã — explicou a moça. — A coitada também foi enfeitiçada. A coitada também virou cobra!

Disse isso, abraçou o moço e começou a chorar.

Zé-Sem-Medo ficou com pena e logo teve uma ideia.

— Fique aqui me esperando. Vou tentar ajudar a sua irmã.

— Promete? — perguntou ela.

— Prometo! — garantiu ele.

Os dois se abraçaram e o moço partiu.

Antes de sair da casa, notou que, pendurada na parede da sala, agora havia somente a cabeça de um defunto.

Depois de uma longa caminhada, o moço acabou chegando na casa de seus pais. Chegou e já foi direto chamar seu irmão.

Contou a ele da moça enfeitiçada numa casa escondida no meio da floresta escura.

Mas o irmão pediu mais detalhes.

— Mas o lugar fica onde? É longe? Como é que faz para chegar até lá? E o caminho? É difícil? É perigoso? Pode ser arriscado?

Zé-Sem-Medo achou que não podia mentir a respeito daquela viagem.

Falou das duas onças brigando por causa de um bezerro.

Falou do Morro-do-Quem-Desce-Não-Volta.

Falou dos três dias e três noites descendo pelo despenhadeiro e dos corpos que encontrou lá embaixo e teve que enterrar.

Contou da casa que encontrou no meio do mato, das duas cabeças de defunto penduradas na parede e da cobra deitada na cama. Disse que a cobra, no fim, tinha virado uma moça muito bonita.

— A moça tem uma irmã — completou ele. — E a irmã precisa de ajuda. Foi enfeitiçada e também virou cobra. Você vem comigo?

O irmão de Zé-Sem-Medo arregalou os olhos:

— Tá louco! Eu, hein?

Disse que não queria saber de enfrentar caminho tão perigoso, se meter no meio de briga de onça, descer despenhadeiro cheio de gente morta embaixo com nome Morro-do-Quem-Desce-Não-Volta, entrar numa casa no meio do mato com cabeças de defunto penduradas na parede e ainda por cima dormir com uma moça enfeitiçada em corpo de cobra.

— Mas a moça precisa de ajuda!
— Não vou nem que a vaca tussa!
— Mas a coitada tá lá, enfeitiçada!
— Não vou nem no dia de São Nunca!
— Mas ela...
— Nem morto! — falou o rapaz, virou as costas e foi fazer as suas coisas.

Zé-Sem-Medo ficou pensando: "E agora?".

Foi quando lembrou que tinha um primo. O primo morava perto. Correu até a casa dele.

E contou tudo de novo, sem esconder nada. Falou da moça enfeitiçada numa casa escondida numa floresta escura. Falou das onças brigando. Do Morro-do-Quem-Desce-Não-Volta e dos três dias e três noites descendo pelo despenhadeiro. Falou dos corpos que teve que enterrar, da casa no meio do mato, das duas cabeças de defunto penduradas na parede e da cobra deitada na cama.

— A moça foi enfeitiçada. A moça precisa de ajuda!

O primo de Zé-Sem-Medo coçou a cabeça:

— Tenho medo de onça.

Mas Zé-Sem-Medo respondeu:

— Todo mundo tem, mas com jeito a gente enfrenta.

O primo disse:

— Tenho medo de despenhadeiro.

E o Zé:

— Todo mundo tem, mas com jeito a gente enfrenta.

E o primo:

— Tenho medo de defunto e tenho medo de cobra!

E o Zé:

— Todo mundo tem, mas com jeito a gente enfrenta.

No fim, depois de muito pensar, o primo disse que ia tentar.

— Mas não garanto, viu? — avisou, com cara assustada.

No dia seguinte, os dois meteram o pé na estrada.

Caminharam dias e noites pelos caminhos do mundo.

Quando foi na vez das duas onças brigando, o primo vacilou, mas no fim pegou um pedaço de pau e conseguiu passar.

Quando foi a vez do Morro-do-Quem-Desce-Não-Volta, o primo olhou para o fundo do precipício, achou melhor dar o fora, mas, no fim, com cuidado, desceu o despenhadeiro de pedra e ainda ajudou a enterrar os mortos caídos no pé do morro.

Quando foi a vez de entrar na casa e ver aquela cabeça de defunto...

— Medo de morto? Por quê? — Quis saber Zé. — Morto é morto. Morto não faz mal a ninguém. Quem pode ser perigoso é gente viva! Aí, sim!

No fim, o primo concordou.

Chegou a hora de entrar no quarto do fundo do corredor. Quando o primo de Zé-Sem-Medo abriu a porta e deu de cara com aquela cobra enorme dormindo na cama, disse:

— Credo! Não vou deitar nessa cama, não!

Foi quando apareceu a irmã da moça:

— Por favor, moço! Faz isso por ela! Faz isso por mim! Tenha coragem! Ela é jovem! Ela é minha irmã!

O rapaz examinou os olhos da moça. Olhou seu primo. Olhou a cobra deitada na cama.

Depois, respirou fundo, balançou a cabeça, entrou no quarto e fechou a porta.

No dia seguinte, o que era de um jeito passou a ser de outro jeito.

O encanto tinha se desfeito, a cobra imensa tinha virado uma linda moça e a cabeça de defunto pendurada na parede desapareceu no espaço sem deixar marcas.

E foi assim que Zé-Sem-Medo e seu primo se casaram com as duas irmãs que um dia, enfeitiçadas, tinham sido cobras e agora eram moças e lindas.

Dizem que os dois casais vivem felizes da vida até o dia de hoje.

o moço que carregou o morto nas costas

Todo mundo gostava daquele menino, mas cada um gostava de um jeito. Uns diziam que era generoso. Outros, que sabia prestar atenção nas pessoas. Alguns achavam que era esperto. Quase todos sentiam que o moleque tinha bom coração.

O tempo, quando a gente pega para ver, já foi.

E o tal do menino cresceu e virou moço.

Um dia, procurou os pais e disse que estava na hora de sair por aí para conhecer a vida e o mundo.

—Também preciso conhecer eu mesmo, pai!

No começo, o pai relutou, mas no fim concordou e abraçou o filho:

—Você está certo. Boa sorte, filho. Te cuida!

A mãe também abraçou o filho e disse:

— Menino, ouça meus conselhos. São duas coisas. Sempre respeite e proteja os animais. E nunca, mas nunca mesmo, deixe de ajudar aqueles que estão morrendo ou mesmo aqueles que já morreram.

Pais e filho se abraçaram e se despediram. O rapaz pegou sua sacola, jogou nas costas, disse adeus e caiu no mundo.

E andou por tudo quanto foi caminho.

E visitou cidades grandes e pequenas. Conheceu vilas dependuradas no alto de serras e vilas construídas na beira do mar.

Um dia, no meio da caminhada, o moço escutou um piu, piu, piu.

Eram três passarinhos que tinham caído numa armadilha. Os coitados estavam ali presos, piando assustados e cheios de fome.

Quando o moço foi soltar os passarinhos da arapuca, descobriu que apesar de grandes eles ainda eram filhotes e não sabiam voar. Com pena, o rapaz colocou os três na sacola e seguiu viagem até encontrar uma lagoa. Parou por ali, deu água e alimentou os filhotinhos com frutas que conseguiu arranjar por perto.

Foi quando sentiu uma sombra escura chegando pelo ar.

Era um gavião. Um enorme gavião. O pássaro veio que veio, planou, desceu, pousou no galho de uma árvore e disse:

— Muito obrigado, amigo, por ter protegido e cuidado dos meus filhos. Eles ainda são pequenos, caíram do ninho e se perderam no mato. Você tem bom coração. Você é boa pessoa. Agora, preste atenção. Se um dia em sua caminhada, por acaso, precisar de ajuda, não hesite e diga: "Valei-me, rei dos pássaros!".

Em seguida, o gavião pegou seus filhotinhos, um com o bico e os outros dois, um em cada garra, bateu asas e sumiu no azul do espaço sem fim.

Contente por ter podido ajudar os passarinhos, o moço continuou sua viagem.

Mais tarde, o céu foi ficando roxo e o vento soprou cansado e frio. Era a noite que estava ameaçando chegar. O viajante apertou o passo. Viu lá longe uma luzinha. Era um casebre na beira da estrada. O moço resolveu ir até ele para pedir pousada. Bateu na porta.

— Ô de dentro!
— Ô de fora!

Apareceu uma mulher magra, olhos cansados e vermelhos de tanto chorar, com dois filhos pequenos no colo e um maiorzinho agarrado à sua saia.

Uma nuvem de dor e tristeza havia pousado na vida daquela família. O marido da mulher, o pai das três crianças, tinha acabado de morrer.

O moço tirou o chapéu e pediu licença para entrar.

Encontrou a casa toda desarrumada. O morto ainda deitado na cama. As crianças chorando. A mulher sentada num banco, de cabeça baixa, desanimada e sem forças para nada.

Diante da situação, o rapaz se ofereceu para ajudar naquela hora de tanta tristeza e aflição.

Em prantos, a mulher contou o que tinha acontecido. O marido estava na roça, levou mordida de cobra, voltou, começou a botar sangue pela boca e, no fim, acabou morrendo. Mas antes de morrer, disse ela, ele fez um pedido. Queria ser enterrado no mesmo cemitério em que estavam os pais dele.

A mulher abriu os braços, desesperada.

— A gente é muito pobre, moço. Não tenho dinheiro nem pra comprar um caixão quanto mais pra levar o corpo do coitado até a vila!

A mulher não sabia o que fazer.

— E ainda tenho esses meninos para cuidar!

Explicou que a vila ficava longe, mais de quatro léguas de distância.

— Ai, meu Deus, o que é que eu faço?

O moço também era pobre e não tinha dinheiro para emprestar.

Olhou a mulher. Olhou seus filhos. Olhou o defunto. Olhou aquela escuridão miserável e disse:

— Dona, a gente faz o seguinte. Essa noite eu fico aqui e ajudo a senhora a velar seu marido. Amanhã cedo, pode deixar, dou um jeito de levar o morto até a vila.

E foi assim. O rapaz ajudou a mulher a banhar e vestir o marido morto. Depois, os dois colocaram o corpo em cima da mesa da sala, do jeito que se costuma fazer: a cabeça virada para dentro e os pés, para a porta.

O moço perguntou se a mulher tinha velas.

— Tenho, não!

— Não faz mal — disse ele.

Arranjou quatro tocos de lenha, fez fogo e acendeu. E lá ficaram os dois o resto da noite rezando, conversando e tomando conta do falecido.

O rapaz tinha aprendido em casa que era preciso acender velas ou algum fogo para que a luz ajudasse a alma do morto a encontrar, dentro da escuridão da morte, um caminho seguro para ir embora deste mundo.

Assim que o Sol nasceu, o moço disse para a mulher:

— Chegou a hora. Vou levar seu marido para a vila. A senhora varra bem a casa, descanse o quanto puder e procure retomar sua vida. Boa sorte, dona! Tenha coragem! Força! A morte faz parte! A vida continua!

Com cuidado, colocou o corpo do defunto nas costas, respirou fundo e partiu.

— Muito obrigada, seu moço! Deus lhe pague!

Quatro léguas é um bocado de chão. Quatro léguas é caminho que não acaba mais.

E lá se foi o moço pela estrada afora carregando o morto nas costas.

E subiu e desceu ladeira. E pegou cada reta comprida que parecia não ter fim.

De vez em quando parava, ajeitava o corpo do defunto com cuidado no chão e sentava ao lado para descansar um pouco e recuperar as forças.

Depois, toca andar e andar tudo de novo.

Na tarde daquele mesmo dia, vencida a lonjura das quatro léguas, o viajante chegou à vila. Como ali não tinha coveiro, ele mesmo abriu a cova e enterrou o corpo do homem num cemitério pequeno que ficava atrás da capela.

No outro dia, acordou cedo, foi até o túmulo e colocou uma flor. Depois, seguiu viagem, andou muito e de repente ouviu gritos de socorro ao longe. Olhou para o alto. Percebeu que o céu estava cheio de fumaça.

Por causa da falta de chuva que havia meses castigava aquela região, o mato estava seco, alguém devia ter jogado fora um cigarro aceso, o fogo pegou, o fogo cresceu, e o incêndio agora estava tomando conta de tudo.

Logo ali ficava um vilarejo e muitas casas já estavam em chamas. O povo corria para lá e para cá feito barata tonta, desesperado e tentando conter o fogaréu.

O moço achou que precisava ajudar.

Infelizmente, como a água era pouca e o mato muito seco, o incêndio só sabia crescer, tomar corpo e se espalhar destruindo tudo.

De repente ele se viu cercado de fogo e fumaça por todos os lados.

Foi quando se lembrou do gavião. Nem bem lembrou e já gritou:

—Valei-me, rei dos pássaros!

Até hoje ninguém sabe nem consegue explicar o que aconteceu. Quem viu, viu. Quem não viu, não vai ver mais.

De pouco em pouco o céu azul começou a ficar escuro. Não de nuvens, mas de pássaros. Pássaros surgiram no ar, vindos de todos os lugares. E não é que aquela nuvem de pássaros veio chegando com os bicos cheios de água?

Admirados, o moço e o povo da vila ficaram lá parados assistindo ao vai e vem de pássaros que chegavam, sobrevoavam o fogo, cuspiam água, iam embora e dali a pouco voltavam voando com mais água no bico. E foi tanto pássaro que chegou e tanta água que caiu que no fim o incêndio apagou.

De joelhos, agradecido, o povo rezava pensando que era um milagre.

O moço, enquanto isso, só pensava nos três filhotes de passarinho presos numa arapuca e num gavião agradecido.

Incêndio apagado e cidade sã e salva, o rapaz meteu o pé na estrada, tocou para frente, seguiu viagem, andou dias e dias e acabou indo parar numa fazenda.

Naquela altura, ele já estava um pouco cansado de andar pelo mundo. Resolveu ficar por ali mesmo e arranjou emprego na fazenda.

O tempo passou, e o tempo sempre traz novidades.

De conversa em conversa, de trabalho em trabalho, o moço começou a ouvir histórias e conhecer melhor aquele lugar.

Diziam que o dono da fazenda era um homem muito rico e muito triste.

Diziam que o sujeito vivia amargurado porque sua mulher e sua filha tinham sido enfeitiçadas.

Diziam que a mulher do fazendeiro tinha sido transformada numa árvore de pedra e que na frente da tal árvore havia uma flor de pedra. Aquela flor, é o que o povo dizia, era a filha do dono da fazenda.

De fato, todos os dias o fazendeiro sentava-se numa cadeira debaixo de uma árvore e ficava ali sozinho pensando e chorando.

No começo, o moço não acreditou. Achou que era conversa fiada do povo. Mas, um dia, por causa de um serviço assim, assim, precisou chegar mais perto e descobriu que aquela árvore era mesmo inteirinha de pedra e que em sua sombra havia uma flor bonita, delicada, dura e fria. Uma flor de pedra.

O moço até coçou a cabeça:

—Nossa!

Já tinha completado três meses que estava trabalhando na fazenda quando um dia o rapaz se lembrou do marido da mulher que morava numa casinha na beira da estrada.

Coitado do sujeito. Morrer assim à toa por causa de veneno de cobra! Deixar no mundo mulher e três filhos pequenos para criar!

Deu vontade de visitar o túmulo do tal homem.

O moço então pediu licença ao fazendeiro, arrumou sua sacola e partiu.

Dias depois, chegou na vila, foi direto até o cemitério, acendeu uma vela, rezou um pouco e deixou um ramo de flores em cima do túmulo.

No outro dia, bem cedinho, partiu de volta para a fazenda.

Só que durante a viagem, assim sem mais nem menos, começou a escutar uma voz boiando no ar. Era voz de homem. O rapaz olhou em volta, examinou os matos e as moitas. Nada. Ninguém. Só aquela voz invisível que vinha de lugar nenhum. E a voz dizia assim:

— Preste bem atenção. Vou ensinar como é que se faz para desencantar a mulher que virou árvore de pedra e a filha que virou flor de pedra.

A voz mandou que o moço seguisse viagem olhando bem para o chão até encontrar sete frutas azuis.

— Frutas azuis?

A voz disse que aquelas frutas eram mágicas. Assim que chegasse à fazenda, bastava o moço espremer as sete frutas e com o caldo regar a árvore de pedra e a flor de pedra.

A voz disse isso e — vuft! — simplesmente sumiu no ar.

O rapaz foi em frente, andou, seguiu viagem e logo adiante, numa encruzilhada, encontrou, caídas no chão, sete frutinhas azuis.

O jeito foi guardar as frutas na sacola e apertar o passo. Logo depois chegou na fazenda e já foi pedindo para chamarem correndo o patrão.

O rapaz contou da voz invisível e das sete frutinhas azuis.

— Não custa tentar — disse o fazendeiro.

Então o moço foi, espremeu as sete frutas, colocou num balde, correu e regou a árvore de pedra e a flor de pedra com o suco azulado.

Milagre dos milagres!

Tanto a árvore quanto a flor primeiro estremeceram, segundo se mexeram e pouco a pouco foram mudando de forma. Então, diante de todos, a árvore de pedra, que era alta, foi diminuindo, diminuindo até se transformar numa mulher. A flor de pedra começou a crescer, cresceu e virou uma moça!

E foi uma cena bonita de ver.

O fazendeiro chorava, a mulher chorava, a moça chorava.

Os três abraçados falavam ao mesmo tempo.

— Que saudade! Que alegria! Que felicidade!

O fazendeiro mandou dar uma festa para comemorar a volta de sua esposa e de sua filha.

O tempo é uma armadilha feita de encontros e desencontros.

A filha do fazendeiro, além de cheia de gratidão, simpatizou muito com o empregado de seu pai. O rapaz achou a moça muito bonita.

Com o tempo, os dois acabaram se conhecendo melhor, ficaram amigos, passaram a trocar ideias e confidências e a gostar cada vez mais de ficar um perto do outro.

Quando foi um dia, os dois, de mãos dadas, foram avisar ao fazendeiro que queriam se casar.

Todo mundo gostou da notícia, menos o fazendeiro vizinho.

O sujeito era solteiro e, quando soube que a filha do fazendeiro tinha voltado, fez logo um plano. Casar com a moça. Dessa forma, ele um dia iria juntar as duas fazendas e ser o maior proprietário de terras de toda a região.

O homem não conseguiu acreditar quando soube daquele casamento.

— Aquela menina rica se casar com um simples empregado?

E o dono da fazenda ao lado mandou chamar seus três melhores capangas.

— Tenho um servicinho pra vocês!

Dias depois, o moço que era amigo dos pássaros, tinha ajudado a enterrar um morto, tinha apagado um incêndio e agora ia se casar com uma moça que antes tinha sido uma flor de pedra estava voltando para casa quando foi atacado de surpresa.

O rapaz era valente e se defendeu como pôde, mas eram três contra um.

No fim, machucado e quase desmaiado, teve o corpo amarrado com cordas, empurrado, arrastado e atirado num rio.

Os homens riam enquanto o corpo afundava:

— Vai com Deus!

Depois, os três bandidos pegaram seus cavalos e foram avisar ao patrão que o serviço estava feito.

Meio zonzo e sangrando muito, o moço, sendo levado pelas águas, conseguiu livrar as pernas e assim, mal e mal, mesmo sem poder usar os braços, batia as pernas e dava para respirar de vez em quando.

Mas aquele rio era brabo e suas águas vinham traiçoeiras cada vez com mais e mais força.

O moço disse:

— Não tem jeito. Minha hora chegou.

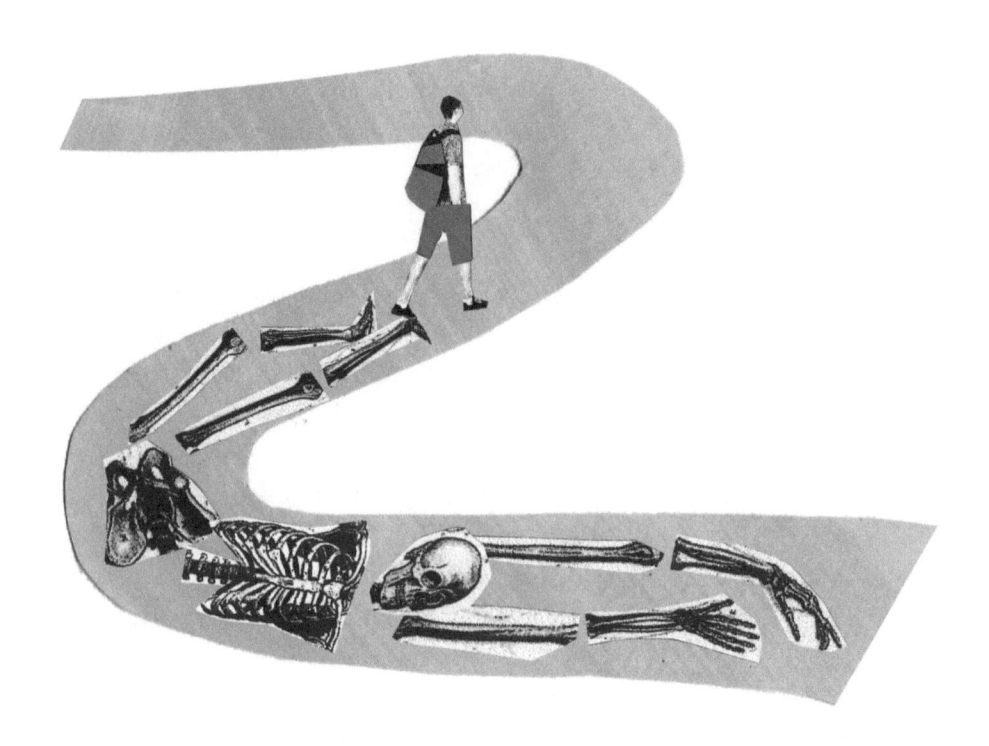

Já tinha engolido muita água e suas pernas fracas já não tinham forças para nada quando sentiu alguma coisa se aproximando no fundo da água. Parecia um peixe. Parecia um peixe dos grandes. E o bicho veio subindo e colocou a cabeça para fora.

Quando viu o que viu, o rapaz estremeceu.

A cabeça não era de peixe coisa nenhuma. Era cabeça de homem. Homem caveira. Homem esqueleto. Metade osso, metade defunto.

Na hora o moço compreendeu que sua morte tinha chegado. Sem forças para lutar, sentiu os dois braços da morte o agarrando e levando embora seu corpo.

Ninguém sabe o tempo que durou.

Quando abriu os olhos, o moço viu que estava deitado sobre uma pedra na beira do rio.

Ao seu lado, parado em pé, estava um homem metade caveira, metade defunto.

— Sou o morto que você ajudou a velar e a enterrar. Sou o marido daquela mulher desesperada, mãe de três crianças pequenas. Sou a voz que ensinou o segredo das sete frutas azuis. Quero que saiba que sou muito grato. Vim até aqui só para dizer muito obrigado!

Disse isso, virou fumaça e lentamente se desmanchou no ar.

Assim que se recuperou, o moço correu de volta para a fazenda.

Dias depois se casou com a moça que antes era uma flor feita de pedra.

—A gente só tinha uma filha e agora ganhou um filho! — disseram o pai e a mãe da noiva abraçando o rapaz.

O povo conta que os capangas da fazenda do vizinho acabaram sendo presos e, no fim, abriram o jogo e confessaram quem era o mandante do crime. Então eles e seu patrão foram condenados e foram mofar na prisão para pagar pelo crime que cometeram.

Conta também que o moço de bom coração e a filha do fazendeiro foram muito felizes e ainda vivem, é o que dizem, eles e seus três filhos.

o mundo nos contos populares*

TIVE A SORTE de ter acesso aos contos populares desde criança, por intermédio dos livros de Câmara Cascudo, Sílvio Romero, Figueiredo Pimentel e Lindolfo Gomes, entre outros que tínhamos em casa. Com o tempo, de leitura em leitura, percebi que, primeiro, eles tinham pontos em comum e, segundo, que eram algo à parte, diferente dos textos que encontrava nos livros em geral, contos, romances, novelas etc. Desde quando comecei a escrever sistematicamente e, mais ainda, a partir de 1980, quando publiquei meu primeiro livro, meu interesse aumentou e se detalhou.

Tenho certeza de que os contos populares representam um tipo de literatura única e essencial, tanto pela forma com que abordam os assuntos, como pela linguagem que utilizam. Prefiro sempre chamá-los de contos populares, pois rótulos do tipo "contos de fadas" ou "contos de encantamento" são, a meu ver, redutivos demais e nem de longe dão conta da grandeza extraordinária de muitas dessas narrativas. Estamos acostumados a ler nos estudos literários que, no fundo, a literatura e a poesia sempre buscam abordar ou refletir temas humanos não passíveis de ser colocados em palavras. Trata-se do chamado *indizível*, do *inominável* ou, nas palavras do crítico literário suíço Paul Zumthor, dos "fantasmas atávicos que fundam a sociedade humana". É que, de fato, certas noções banais e complexas relativas à condição humana, como "paixão", "desonra", "fidelidade", "identidade", "amor", "falsidade", "inveja", "coragem", "medo", "amizade", "soberba", "desespero", "angústia", "cobiça" e "confiança", entre muitas outras, são sínteses de sentimentos humanos ambíguos, contraditórios e indefiníveis, mas, ao mesmo tempo, capazes de gerar identificação em todos nós. Nunca foi, nem será fácil colocá-las em palavras.

Pois bem, na minha visão, as imagens oferecidas por muitos contos populares – heróis transformados em lagartos, pássaros, burrinhas e

---

* Texto escrito a partir de entrevista dada a Gilka Girardelli para a Revista *Signo* [ISSN 1982-2014]. Santa Cruz do Sul (RS), v. 39, n. 66, p. 43-57, jan./jun. 2014. (N. do A.)

serpentes; mães que mandam matar os próprios filhos; moças aprisionadas por monstrengos; o auxílio de animais que retribuem um favor; a morte vista como uma pessoa que tem sentimentos e limites; os remédios, poções e instrumentos mágicos, as viagens arriscadas por vezes no lombo de pássaros – são, creio, metáforas altamente buriladas e sofisticadas que tratam justamente do que os teóricos costumam chamar de "indizível" ou "inominável". Isso sem falar nos contos que não recorrem ao encantamento e falam diretamente da vida concreta e situada.

Entrar em contato com essas imagens e enredos populares significa entrar em contato com tesouros do imaginário humano. Ao escrever *O Moço Que Carregou o Morto nas Costas e Outros Contos Populares*, assim como já ocorreu com meus outros livros com versões de narrativas populares, tenho certeza de que não só pretendi usufruir e aprender com esse material tão rico, mas também compartilhá-lo e difundi-lo.

Ricardo Azevedo